きものジゴロ

川口　祐海
Kawaguchi Yukai

文芸社文庫

目次

Act 1　治五郎とJK

「お前の溜め込んだそのヘソクリ、ぜーんぶ俺がもらってやるよ！」

1

――鉄の味が、した。

ガムテープでふさがれた口の中で、血が染み出している。唇の内側を切ったらしい。

廃屋のバー。

埃まみれのカウンター、床に転がったスツール。破れたソファ、薄暗い照明。

絶望的な空間。

あたしの頭は真っ白になった。茫然自失という状態を、生まれて初めて知った。

男たち三人の、下卑た鼻息。それは荒くて、臭い。

髪の毛を摑まれ、羽交い締めにされ、シャツの上から胸を揉みしだかれ――袖や襟周りが裂けたブレザーが、あたしの肩にかろうじて張り付いている。その肩口から、引きちぎられたリボンがぶら下がっている。

たとえ入りたくもなかった馬鹿高校の、たいして好きでもない制服だとしても――こうまでズタボロにされると、絶望で息ができなくなる。

こうしてあたしの高校生活は、この制服と同じように引き裂かれ、ぐちゃぐちゃな終わりを迎える。あたしを知る人らは、これを当然の結果だと思うだろう。むしろ喜び、神に感謝する奴だっているかもしれない。

あたし自身、心の奥底では痛感している。ついに然るべき報いを受ける時がきたのか、と。

でも――でも。

唐突に、心が張り裂ける。

嫌だ、こんなのは嫌だ、酷い目にあいたくない、絶望したくない、狂いたくない。

歯を噛み締め、瞼をきつく閉じる。喉からこみ上げてくる嗚咽を、必死に抑え込む。

――愛に弓って書いて、アユミか。いい名前じゃねえか。

脳裏にふいに浮かぶ。あいつの顔。

唐突に、願う。来るはずもないのに、あいつを呼ぶ。

心の奥底で、切実に、叫ぶ。

――たすけて。

――お願い、助けて！

視界が、暗転した。

男の一人が背後から腕に力を込める。あたしの首がごりごりと締まり、そのまま引き倒され、仰向けのままソファに転がされる。広がったスカートにべつの男の手が伸び、フレアスカートが一気に引き剝がされる。おもわず折り曲げて抵抗した膝を、真横から思い切り蹴り上げられる。

悲鳴が、咳となって喉を焼く。

――たす……助け……

真っ白だった頭の中が、どす黒い渦に塗り潰されていく。何かを思う、感じる、願う、そんな心のわずかな隙間に、粘ついた闇がドロドロと侵入してくる。

わかった、やめよう。もうやめよう。

思うのは。感じるのは。願うのは。

無駄だから、もうやめよう。

そうして、また瞼をきつく閉じた。歯を嚙みしめ、血を飲み込んだ。

その時だった。

――ドオンッ！

爆発的な音が、部屋を揺さぶった。

男たち三人の動きが一斉に止まる。

見開いた視野の中央で、開け放たれた扉がバウンドした。

「――ごるぁー！」

天井を軋ませるほどの怒号。

その音圧の中心に立つ、ひとりの豪快な着物姿。

二の腕までのたうつ長く白い髪、子供の様に透き通ったきめ細かい頬、その上で歪む険のある瞳、ぎりぎりと引き絞られた細い唇。

あいつが。

治五郎《じごろう》が――きた……！

「……なんだてめえは！」

男の一人が叫ぶ。髪の毛を掴む手に力が入り、あたしは激痛に身をよじりながら引き立たされる。

視界でもう一人の男が動く。肩を怒らせ、治五郎の前に歩み出る。

「なんなんだって聞いてん――」

言い終えるより早く、治五郎が動いた。

臙脂《えんじ》と白の縞羽織《しまばおり》と、青い武道袴《ぶどうばかま》の裾が、歩みに合わせてブワリと広がる。眼前の男を無視して、ずんずんと、こちらへ向かってくる。

あたしの目が、ふいに溢れた。

——治五郎が、助けにきてくれた。

抑えていた感情が顔を焼く。その表面を、とめどなく涙が流れる。恐怖と安堵がないまぜになって蒸発し、顔面からゆらゆらと立ち上っていく。

あたしはガムテープの内側から、声にならない叫びを絞り出した。

治五郎！

ありがとう……！

「オイ！　なめてんのかこらあ」

もう一人の男が動かぬまま怒声を上げた。顔をしかめてその着物姿を凝視する。けれど、治五郎は歩みを止めない。男を一瞥しただけで、次の瞬間にはあたしの眼前に立ちふさがった。

「てめえこら……！」

あたしの髪をつかんだ男が、言いながらビクリと身を打った。

治五郎の、顔面。鬼のような形相。

年齢不詳、正体不明のその迫力に、その場の全員が無意識に気圧される。

突如、治五郎が目を見開き、腕を後方へ引き絞った。拳がギリリ、と鳴ったような気がした。

――ひっ……！

男が悲鳴を飲み込み、身を縮めたその瞬間――

治五郎の体が大きくしなった。


ばちぃぃーん！


暗闇が脳裏を焼いた。耳鳴りと、灼熱。涙が、ぴたりと止む。

――え……？

何が起きたんだろう。

あたしの目が、薄暗い天井をとらえた。唐突に、顔面に痺れるような熱さが広がる。

続いて、激痛。あたしは床に転がったまま、湿った息を鼻から吐いた。

視界の左端で、男が呆然と身じろぐ。右側では着物姿の鬼が、あたしを見下ろしている。

あたしが、殴られた。おもいっきり、平手打ちされた。

なんで――

いったいどうして――

「アユミてめえ。ふざけたことしてくれたなオイ……！」

治五郎が、地の底から声を絞り出す。その視線が、禍々しい険を帯びて心に突き刺さる。

わけが、わからなかった。

体と心を同時に斬りつけられた痛みで、節々が震え、脳内が痙攣していた。

歯を噛みしめる。

ただただ、噛みしめる。

――鉄の味が、した。

2

――五日前――

愛弓《あゆみ》は、おもわず腕を組んでため息をついた。

さえぎるものの無い、ひらけた視界。傾きかけた陽が、場違いな爽快さを辺りに振りまいている。

高級タワーマンションの屋上。メールで呼び出され、下校と同時に駆けつけた。眼下には渋谷伝統のデートスポット、宮下公園が広がっている。

普段ならこの景色を存分に楽しみたいところだが、今は不本意ながらも、眼前の男に焦点をしぼるしかない。

「言っておくけど、僕は本気だよ」

男はそう言って、おもわせぶりに足元を見やった。

二メートルもある柵の、向こう側。半歩下がれば、奈落の底。どうやってそこへ行ったのか。柵をよじ登るほどの運動神経が、この男にあったのだろうか。三〇も半ばの、頭でっかちのプログラマーなのに。火事場のクソ力とはこのことか。

そんなことを思い浮かべながら、愛弓は眉根を持ち上げ、不安げな表情をつくった。

「連絡をくれないとか、居場所がわからないとか、そういうことを言ってるんじゃないんだ」男は膝を震わせながら叫んだ。「自分の人生、将来を考えて言ってる」

男の髪が――ヘアカタログから出てきたような整っていたはずのスタイルが、突風にぶわりと跳ねた。

「真剣に付き合ってほしいんだよ。ただ、真剣にさ……」ぶわり、とおでこが露出する。「もちろん、結婚を前提になんて話は、あとからゆっくりでいい。君が高校を卒業してから、ゆっくりとさ……」

ぶわり。

愛弓は無表情を保ったまま噴き出し、あわてて視線を下に落とした。

柵のこちら側、男と愛弓の中間地点に、小さな箱が置いてある。

「それは僕の今の気持ち、最後のプレゼントだ。その中身を見てから、君の考えを聞かせて欲しい。とにかく、全身全霊だから。返答次第では、飛び降りる覚悟だ」

愛弓は男の顔と箱を交互に見つめた。

困惑で胸がはちきれそうな表情をつくったが、心中は歓喜で胸がはちきれそうだった。中身を見るもなにも、箱にはくっきりとハリーウィンストンのロゴが刻印されている。セレブ御用達のジュエリーブランド。この勢いなら、おそらくはダイヤモンド。そこまで自分に入れあげていたのか。

愛弓は箱を拾って両手で握り締め、静かにうつむいた。しばらく間をとる。渾身の場面だったが、どうしても涙をしぼりだすことはできなかった。

「ごめんなさい……」うつむいたまま、声を震わせる。「ちゃんと考えさせて欲しい。あたしにとっても大事なことだから、すぐには答えられない」

くるりときびすを返す。

「……え？」

男が何か言いかけたが、その声が届かないほどの速度で愛弓は駆け出した。

メンヘラというほどではないが、恋愛下手のこの男はこういうごっこが好きらしい。

ならば長居は禁物、そろそろ引き時かもしれない。思わぬ大収穫も得た。

愛弓は右手で箱を握り締め、左手で階段室のドアノブをひねった。一段抜かしで駆け下りる足が、興奮でふわふわと踊った。


その足ですぐにセンター街の質屋へと向かったが、入る手前で思い直した。これほど高価な品物になると、たやすくは換金できないかもしれない。ましてや今は高校の制服姿。それなりの格好で、それなりの言い分を用意して出直すべきかもしれない。

愛弓は高揚した気分を落ち着けようと、大きく深呼吸をした。スマホを取り出し、目を落とす。メール、ＬＩＮＥ、ツイッター。ほかの男たちからの無数の着信。今はそれらを読む気にはなれず、時刻だけを確認した。

夕方の六時。

小腹が空いたので、夕飯について考える。たいした候補が浮かばないまま歩き、気づけば丸井のマックに入っていた。気が乗らないまま、いつものようにポテトとコーラをテイクアウトする。

母親は昨日から田舎の宮城に帰省している。親戚に不幸があったからだが、久しぶりだからゆっくりしてくるとのことだった。

つまり、しばらくは父親と二人きり。

うんざりする。父とはなるべく顔を合わせないで済むよう、眠くなるまで街をうろつくしかない。

愛弓はマックの袋をぶらぶらと揺らしながら、通りを歩いた。パルコを過ぎ、少し先へ行くと、左手に大きな時計塔が見えてくる。

渋谷公会堂のシンボル。その時計塔が、愛弓のお気に入りの場所だった。ここはライブがある日は若者でごった返すが、そうでない日はとても穏やかだ。

愛弓は時計塔を囲む段差に腰かけ、マックの袋をひろげた。紙袋を下敷きにし、ポテトをその上に置く。左手でカロリーの無いコーラをすすりながら、右手でカロリーしかないポテトをつまんだ。

目の前には、噴水があった。

時計塔の真下に設置されており、絶え間なくザーザーと音を立てている。

愛弓は噴水が好きではない。幼少時の漠然とした思い出――それが原因なのかはわからないし、自分でもはっきりとはしないが、見ているとなぜか複雑な感覚が心中を満たす。

それでも、渋谷の中ではこの場所が好きだった。駅前一帯の繁華街よりはずいぶんとマシだ。

ここはいわば、戦場から離れたオアシス。そろそろ駅前の戦場では、夕闇の訪れとともにナンパと逆ナンによる闘争が繰り広げられる。

そういう意味では、愛弓も兵士の一人だと言えなくもなかった。無差別に突っ込んで行く歩兵というよりは、遠くから狙い撃ちする狙撃兵、といったところか。

――はあ……。疲れたかも。

愛弓はポテトをかじりながら、深いため息をついた。

夜の渋谷は軽薄な若者で溢れ返っている。けれども、そのほとんどの人間がそこに住んではいない。どの若者も金はなく、ましてや地位も名誉もない。ただ欲に吸い寄せられるがままこの街に集まっているだけだ。

そんな男たちを引っ掛けたところで、たいした利益は見込めないし、逆に、失うものが無い人間に関わるのは危険だ。騙したとわかればあとで何をされるかわからないし、そもそも相手も嘘をついている可能性が高い。

だから愛弓は、そういう男は眼中からはずす術を覚えた。

もっと安全で、効率的な方法を探す必要がある。少ない時間と労力で利益を上げ、かつ法には極力触れず、むしろ世のためになるようなやり方――。

そうしてあるとき、発見した。

狙い目は、渋谷区内のスーパー。そこには、ごく稀に真面目な会社員が背を丸めて寂しく買い物をしている。つまり、渋谷の一等地に一人で暮らしている男たちだ。

そういう人間はどういうタイプか。おそらくは、こうだ。

渋谷という華やかな街が好きで、ギラギラした欲望まるだしムードに興奮をおぼえるが、自力では何もできないのでとりあえず大枚はたいてそこに住み、ふとしたきっかけで何とかあやかれないか、と思っている人間。辺りは数十万の女で溢れかえっているのだから、少しくらいは自分の部屋に連れ込めるチャンスだってあるんじゃないか、それってけっこう確率高いんじゃないか、などと考えている人間。

でも世の中そんなに甘くはない。

同じ数だけ男も溢れかえっているのだから、自力で飛び抜けたアピールをしないかぎり、女は見向きもしない。高級マンションの片隅でいつしかそれに気づいた金と地位と名誉だけが取り柄のメタボ予備軍たちは、やがては揃って背を丸め、お惣菜を買って一人家路に着くようになる。

そこで、出番だ。

夕飯のおかずは何ですか？　深夜のおかずは何ですか？

こんなあたしじゃダメですか？　デザートがてらにどうですか？

そうして愛弓はゲットする。金、物、自信。それと、どうしようもない男たちの、わずかばかりの誇りを。

そのための努力は惜しまない。彼らの派手好きにこたえるために、髪は金色に抜いた。昼の部では純真なアイドルもどきを、夜の部では妖艶な踊り子もどきを。ギャップに次ぐギャップ。つかず離れず。ツンデレ、ヤンデレ。

相手を虜にする技術は、磨くものではない。羞恥を封じさえすればいい。世間に転がる男のニーズを、どれだけ貪欲に再現できるかが勝負だ。

あたしは酷い女。汚い人間。関わる人らはすべて食い物。——で、それのどこが悪いって？

逆上した男にそう吐き捨てたことがある。異性を振り向かせる努力もせず、安易に騙され浮かれるような駄目男に、とやかく言われる筋合いはない。

駄目な男は叩きのめすに限る。そうしないと世の中はさらに酷くなっていく。気づいている人は少ないが、駄目男の出す見えないオーラは、それだけで関係する人らに害をなす。少しずつ周囲を蝕み、まるで油汚れのように街に染み付く。

駄目男は一見して毒にも薬にもならないかに見えるが、じつは存在するだけで迷惑なのだ。被害をこうむる人間が後を絶たない。

——そう、あたしのように。

愛弓は口に運んだポテトを、半分かじって元に戻した。まとわりつくような油の匂いにうんざりし、下敷きの袋ごと脇へ遠ざける。

そうして、眼前の噴水をぼんやりと眺めた。

水が、上下している。噴出している。その弾ける水流に光が反射し、キラキラと宙を煌《きらめ》かせている。

嫌な感じと、安らぐ感じ。それがないまぜになって霧となり、モヤモヤと全身を包んでいく。いつもながら、不思議な感覚。

ザーザーと、モヤモヤ。

ザーザーと、モヤモヤ。

——ん?

愛弓の視界に、ふいに何かが現れた。右手からのそのそと、布のかたまりが。噴水に向かって——。

——あれは、着物?

眉をしかめ、目を細める。視力〇・四でも、はっきりと認識できた。

ふいに、非現実的な不気味さを感じた。

古びた着物をまとった男が、噴水の水面を覗き込んでいる。このご時勢、しかも渋谷で、まるで当たり前のように着物姿が目前にある。

すぐに、不気味さの正体に気づく。

男の横顔は、若く見える。二〇代か三〇代か、いずれにせよ老人ではない。なのに髪の毛が――真っ白なのだ。色を抜いているようには見えない。いっさい手入れのされていない、伸ばし放題の白髪。着こなしたといえば聞こえはいいが、着続けて古びた落ち武者のような姿。一瞬、おぞましい単語が脳裏をよぎる。

――妖怪……？

「……なんなの」

おもわずつぶやきが漏れる。いったい、何をしているのか。

噴水にかがみこみ、両手をつっこんでいる。わさわさと、肩が揺れている。噴水の音にまじって、かすかにザブザブとうねる音がする。

――まさか、洗濯……？

「あ」

目が、合った。妖怪が、こちらを振り向いた。

ズキン

なぜだか、胸が鳴った。飛び跳ねた、というべきかもしれない。

愛弓は細めていた目を見開いた。

着物男が、立ち上がる。こちらに歩いてくる。右手からは小汚い手拭いがぶらさがり、水を滴らせている。地面に落ちる雫の軌跡。それを呆然と追っていると、ふいに眼前に影が差す。

「ちょっと、いいか」

頭上で声がし、あわてて振り仰ぐ。

ズキュン
先ほどにも増して、胸がうずく。イケメン、とは言いたくない。それを美貌と言うべきかもわからない。

けれども、引き絞った眉や色の薄い大きな瞳、なめらかな肌と涼やかな鼻筋、そして彫刻のように精悍な唇に、視線が吸い付いたまま離れない。

その顔面から照射される何か――魅力と呼ぶべきかもしれないその何かは、しぶきに差し込む虹の光彩のように、愛弓の眼球を貫いてはじけた。

「――なあ」魅惑の妖怪が、ふたたび口を開く。「それ、どうするつもりだよ」

左手が、愛弓の右横を指す。

「……え」

視線を動かすと、そこには放置されたポテトがあった。

どうするつもり、とは？

言おうとした瞬間、妖怪の左手が伸びる。ポテトを紙パックごとつかみ、そのまま口元にかかげた。三、四本を流し込むように口に放る。

「捨てるつもりか。もったいない！」

むしゃりむしゃりと、食べながら。

唖然とする愛弓を尻目に、妖怪は次の一口ですべてのポテトをたいらげた。

口を動かしながら、その視線が愛弓の全身をくまなく這う。無遠慮で、容赦のない眼差し。愛弓は急激に居心地の悪さを感じ、おもわず腰をあげたが、また座った。

異様な風貌、異様な行動、異様な視線。

わけがわからなくなり、うずいた胸もいつしか冷え、やがてはシラけはじめた。

「ごちそうさま。お前、名前は？」

何を言っている。無断で食べたくせに。

「名前はよ？」

妖怪が語尾を荒らげる。

なんて勝手なやつだろう。そう思いながらも、言葉は自然と口をついた。

「……愛弓」

「どういう字だ」

愛弓は声をつまらせた。自分の名前は好きじゃない。口で説明するのも億劫だから、かわりに胸ポケットから学生証を出して見せた。むろん、写真を指で隠しながら。

「へえ。愛に弓って書いて、アユミか。いい名前じゃねえか」

「……べつに」

妖怪が、微笑んでいる。またしても、その表情に目を奪われる。笑うと、少年のように邪気が消えた。年齢が読めない。いったい、どういう人間なんだろう。

「誰が名づけた？」

「……」

我に返る。誰が名付けたって？　そんなこと、絶対に答えたくない。

かわりに、質問で返した。

「そっちの名前は？」

愛弓の言葉に、妖怪はニヤリと唇を歪めた。意味のわからないドヤ顔で、誇らしげに口を開く。

その発せられた言葉を、愛弓は何度か反芻した。頭の中に、刻み込まれる。

妖怪の名は、治五郎といった。


渋谷から家に帰るときは、普段はタクシーを使う。中目黒まで、千円ちょっと。人混みに身をさらす元気があるときは、電車に乗る。東急東横線で、二駅。

でも今日は、なぜか徒歩で帰るはめになっている。理由は、すぐ斜め前を歩いている、この男のせいだった。

「――どこまでついてくるの」

愛弓は呆れたようにつぶやいた。おもわず笑みがもれる。

治五郎が、愛弓の進路を背中で察しつつ、少し前を歩いている。そのせいで、逆に自分がついていっているように見えるのだ。

「決めたよ。お供させてもらう」

「……おとも？」愛弓は素っ頓狂な声をあげた。「なにそれ。どういうこと」

「お前からは食い物の匂いがするからな」

「はあ？」

「俺の勝手だ。気にするな」

——気にするな……？

まったく、わけがわからない。いったい何を考えているのか。そもそもどういう人間なのか。

愛弓は怪訝な表情をにじませながらも、内心はじつはまんざらでもなかった。着物を着崩した異様な伊達男と、金髪の女子高生。その妙な組み合わせが、夜の渋谷を闊歩する。

行き過ぎる人々の、さまざまな視線。奇異。好奇。警戒。畏怖。なんだか特別で、スペシャルな感じ。

なにより、この得体の知れない人物ともう少しのあいだ会話ができる。それは孤高の日常を演じる愛弓にとって、久々の予期せぬイベントだった。

「なんで着物なんか着てるの」

「俺の勝手だ。気にするな」

「なんで髪の毛、白いの」

「これは天然だ。気にするな」

「家はどこなの。仕事してるの」

「俺は何かに縛られたことはない」

「どういうことなの？　おしえてよ」

「俺の勝手だ。気にするな」

しばらく、そんな調子が続いた。自分勝手な物言い。情報量の少ない会話。

それでも愛弓は、この治五郎という人間のプロフィールをつかむため、辛抱強く会話を続けた。その概要を推測も交えながらまとめると、こうなる。

治五郎という男、年齢不詳。表情によって三十路にも四十路にも見えるが、笑うと二十歳そこそこになる。

白髪で着物姿、理由は不明。着こなしているというよりはまるで普段着、よく見れば不潔というわけでもなく、悪臭を放っているわけでもない。

住む家をもたない。仕事もない。家族もない。金もない。物もない。ポケットが、ない。

——あの……？

「つまり……何もない、てこと？」

考えながら、おもわず大声を上げた。

信じがたい。あり得ない。

「ホームレス……なの？」

「強いていえば、風来坊だ。横文字でかっこつけるんじゃねえ」

「……なんで、そんな生活を」

「俺の勝手だ。気にするな」

そうして三〇分も歩いたころ、目黒川にかかる小さな橋が見えてきた。

そろそろ頃合いだ。この橋を渡れば、中目黒駅がある。そのそばに、商店街。

愛弓は足を止めた。楽しかったのかどうか、わからなかったが。

「ありがとう。あたしんち、このすぐそばだから」

言いながら、それらしい素振りとしてスマホを取り出す。午後八時。時間的にもちょうどいい。

——え？

治五郎が、止まらない。ずんずんと、先を歩いて行く。

「……ちょっと？」

愛弓も歩き出し、わけもわからずついて行くかっこうになる。

T字路。治五郎が躊躇し、愛弓を振り返る。すぐに前を向き、迷いなく左折する。

――ちょ……うそでしょ？

治五郎が愛弓の家を知っているはずがない。今この瞬間に、察しながら歩いているのだ。

――なんなの……キモい……

「ちょっと待ってよ！」

そう言うのも束の間、二人はすでに商店街の中ほどまで進んでいた。おもわず店先を凝視し、愛弓は絶句して立ち止まる。その様子を、治五郎が抜け目なく一瞥する。

「あそこ、か」

治五郎の足が速まる。店先に到達し、こちらを振り向く。

「お前んち、たい焼き屋だったのか」

視線の先では、見たくもない姿が奥から現れる。

「……らっしゃーい」

のそのそと、焼き台の内側からしょぼくれた顔がのぞいた。薄い頭髪、力ない姿勢。

――最悪……！

愛弓は派手に舌打ちをしたが、その音は届かない。被るようにして治五郎の声がとどろく。

「ほらな、言ったとおりだ！　お前からは食い物の匂いがするってな！」言いながら店先に向き直り、なおも声を張り上げる。「あんた、アユミの親父さん？　渋谷から娘をわざわざ送ってきたんだけど、おかげでえらい腹ペコになっちまってさ」

愛弓の父が、まるで阿呆みたいに目を丸くする。治五郎を一瞥し、愛弓を凝視する。交互に、何度も。

「それはそれは……」

小心者まるだしの大げさな笑みを振りまき、かといってそれ以上の言葉を出すこともなく、おもむろに右手を持ち上げてみせた。

「こんなものでよろしければ」

差し出されるたい焼き。受け取らない治五郎。

「悪いけど、あんこは好きじゃないのよ。チーズにできない？」

「……え？　チーズ？」

なんなんだろう、この状況。愛弓はうんざりと夜空をあおぐ。

――最悪……！

かまってられない。もう関わりたくもない。

愛弓は地面を蹴りつけ、その勢いで歩き出した。早歩きで治五郎の背を通りすぎ、路地を曲がって店づたいに反対側へと回りこむ。裏口のドアを開け、靴を脱ぎ捨て、階段を駆け上がって三階の自室へと飛び込んだ。かばんを床に放り投げ、そのままベッドへと身を投げ出す。

——なんなの、あいつ。

プライバシーの侵害もはなはだしい。しかも、父親の姿を見られた。自分にとって、最もみっともない部分を。まったく、ふざけている。

愛弓は飛び起き、ベッドに膝をついて窓から眼下を見下ろした。ちょうど真下に、店先が見える。

——あれ？

誰もいない。たい焼きを食べて、帰ったか。

ベッドにふたたび寝転がる。

まったく、妙な男につかまった。渋谷にはああいう得体の知れない人間もいるということだ。いい教訓になった。次からは徹底して視界から除外しよう。

しばらくのあいだ、放心した。

徐々に、日常のムードが戻ってくる。

しばらく母がいない。当面は父親と二人きり。明日は英語の小テスト。落としたらまずいが、一切勉強していない。レンタルが延滞したままだ。今日返さないと三日分の延滞料になる。

次々に面倒なことが思い浮かび、ぼんやりと思考をにごらせていく。

眠くなる。その前に、着替えなければ。まだ制服のままだ。

愛弓はため息とともに起き上がり、ブレザーを脱いでハンガーにかけた。ベージュのVネックセーターを脱ぎ、たたんで引き出しにしまう。それからリボンを外し、ワイシャツのボタンに指をかけた。そのときだった。

ガチャ
——え？

「よう！」

ドアが、突然開かれた。

「……なに？　ちょ——」

治五郎が、ずかずかと入ってくる。

「なに入ってきてんの！　や——」

「ほれ、できたぞ」

「何が？　なんでまだいるの！」

「いいから、食え」

うろたえる愛弓を無視し、治五郎が腕を差し出す。

——たい焼き？

「チーズがねえって言うからよ、コンビニで買ってきてもらって、いま一緒に作ったのよ」

意味不明の、ドヤ顔。

「新メニューの、完成だ」

——なにいってんの……？

愛弓は突き出されるたい焼きを苦々しく見つめ、受け取らずに両手で胸元を隠した。

「ほれ、食えよ」

「いらない。飽き飽きしてるから」

「バカ。だから新メニューだって」

右手をとられ、無理やりたい焼きをつかまされる。

「めちゃくちゃうめえぞ。いい親父さんじゃねえか」

「……どこが」

「娘にこんないい部屋与えてるしよ」

言いながら、治五郎は無遠慮に部屋を見渡す。

「やめてよ……ていうかなんで勝手に入ってきてんの？」

「勝手じゃねえ。親父さんがいいって言ったし」

「はあ？　……あのクソ親父」

愛弓は憎々しげに顔をゆがめた。まったく、気が知れない。

「なんだその口の利き方は。親に向かってよ」

いい加減、頭にくる。この男にも、父親にも。

「……なんなのさっきから！」

ぶちり、と愛弓の中の何かが切れた。

「なに関わってんだよ！　あいつは駄目男のクソ親父なんだよ！　あいつのせいで、あたしもお母さんも死ぬほどウンザリしてんだ。知った風な口きかないでくれる？　だいたい何なんだよあんた！」

一息に言いきり、愛弓は奥歯を噛みしめた。

なぜ、こんなことを言うはめに？　熱くなるはめに？

反撃があるかと思いきや、治五郎は完全にその怒声をスルーした。まったくの無関心。なぜか視線は愛弓を飛び越え、背後の棚に向けられている。

「おいおい、それ酒じゃねえかよ。しかもかなり良さそうなやつ」

「……はい？」

拍子抜けした。愛弓も背後を振り返る。ブランデーだった。

「お前ひょっとして、飲んべえか？」

「……んなわけないでしょ」

愛弓はため息をつき、疲れたようにベッドに座り込んだ。本当に意味不明な男だ。

「じゃあなんでそんな高そうな酒が」

「……バカな男が送ってきたんだよ」

「高校生に、酒をか？」

「だからバカなの。さすがに売りに行けないから、しかたなく置いてるだけ」

「ほお」

ヘネシーのXOというらしい。キモいウンチクの書かれたカードが添えられていた。

「よっしゃ！」

治五郎がパン、と手を叩き、棚から瓶をつかみ上げる。

「飲むぞ！　湯呑み持ってこい！」


なんなんだろう、この展開。

愛弓は憮然としながらも、治五郎の湯呑みにブランデーを注いだ。自分のほうにもなみなみと注ぐ。つまみは冷えきったチーズたい焼き。

——マジ、なんなの。

一口すすり、顔をしかめた。喉が焼ける。たい焼きをかじる。すぐにどうでもよくなった。むしろ、父親と二人きりの空虚な時間を過ごすよりは、まだマシなのかもしれない。

「でよ、これ下で見つけたんだけど」治五郎が袖の中に手を突っ込む。「これお前だろ？店の壁に貼ってあった」

引き抜いた手には、小さな写真ケースが握られていた。

「なにまた勝手なこと――」

「可愛いじゃねえかオイ。今とはえらい違いだ」

手に取るまでもなかった。おなじみの、写真。五才の愛弓が、父に肩車されている。

「ていうか、カメラ見ろっつーの」

写真の中の愛弓は、満面の笑みで髪にしがみつき、父の顔を見下ろしている。カメラの存在に気づいていない。

「よっぽどパパが好きだったんだな」

「……やめてよ」

「今は嫌いってか」

「死ぬほどね」

そうして、愛弓はぐびりとブランデーを飲み下した。

むしゃくしゃする。くらくらする。言葉が勝手に口をつく。なんだかわからないが、饒舌になる。

やがて愛弓は治五郎を前に、くだを巻くように語り始めた。内容はおおむね不平不満、父親に対する反吐のような悪口だった。


母にいつも聞かされて育った。

父のような人間になってはだめよ。ああなったらおしまいだからね。

父は、三十のときに母と結婚した。

馴れ初めは聞かされていないが、おそらくはできちゃった結婚だろうと愛弓は推測している。そうでなければあの母が父と結婚することはなかっただろう。

とはいえ当時の写真を見ると、その頃はカッコイイ部類だったのだと思う。今は見る影もない。どうしようもない人生だから、風貌もそれなりに変わっていったのだろう。何もかも、自業自得だ。

父は最初のころ、それでも仕事には熱心に取り組んでいたらしい。建築会社に勤めており、真面目さが買われたらしく、やがては管理職についた。

けれども愛弓が物心つくころ、突然会社を辞め、自分の趣味に走った。退職金をすべてはたいて中目黒にこの店を構え、マイペースで自堕落な日々を送るようになった。

よりによってたい焼き屋を選んだのは、ラクをしたいからだ。焼き台の前に一日中座り込み、誰とも話さず壁掛けのテレビを眺める毎日。店が終わったら二階の居室にこもり、ひたすらゴロゴロするだけの生活。

母が何か言わなければ、何もしない。

要するに、会社勤めや結婚生活というごく普通の暮らしすらできない、究極の駄目人間なのだ。

あげくの果てには、母に言われる自分の駄目さにストレスを感じ、逃げるようにして外へ出るようになった。

そこに、幼い愛弓も巻き込まれた。暑い日も、寒い日も、愛弓は父の気晴らしに付き合わされた。夏は汗疹と虫刺されで全身がただれた。冬は寒い中を長時間連れまわされ、しょっちゅう風邪をひいた。噴水のある大きな公園が、定番の逃げ場所だった。

母から聞いた中でもっとも酷かったのは、真冬の水遊びの話だ。

パラパラと雪が降るような極寒の中、それでもまた公園に連れていかれ、人工の小川で無理やり遊ばされた。凍えた愛弓は噴水のそばで足を滑らせて転倒し、脇腹をざっくりと裂いてしまった。何日も何日も、痛みで苦しんだ。その傷は今もミミズ腫れのように残っており、未だに陰鬱《いんうつ》なコンプレックスとして体に刻み込まれている。だから今でも噴水を見ると、えもいわれぬ感覚を味わう。

母も愛弓も、うんざりしている。あきらめている。

父は何があっても反省などしない。自分のことしか頭にないからだ。

死ねばいいのに、と思う。生きていても誰も幸せにしない。自分のことさえも。むしろ関わった人間は不幸でしかない。いったい、なんのために生きているんだろう。

「——ほんっとに、信じらんない駄目男なんだよあのクソ親父は……！」

愛弓は膝を叩いて立ち上がった。勢いあまって、グラリと体勢を崩す。

「あぶねえなオイ」

治五郎が手を伸ばすが、とどく前に背後の棚に激突した。本や小物がバタバタと倒れ、クッキーの缶が床に落ちる。

ガシャン
缶のふたがはじけ飛び、中身が派手にぶちまけられた。

「あぶねえなオイ」

治五郎が爆笑する。

愛弓は棚に腕をかけ、フラフラする体をようやく支えた。おもわず舌打ちが出る。

床には小物入れやらストラップやら缶バッジやら、子供時代の遺物が散乱していた。ガラクタ箱。捨てるに捨てられないというだけの、それっぽく集まった過去の欠片。

「なんだよこれ」

治五郎がその内の一つを拾い上げた。ご当地キティちゃんの腕時計だった。

「きもちわりい。悪趣味だなオイ」

ひどい言いようだが、同感だった。

伊達政宗を模した、独眼流キティ。ハート型の眼帯をしており、兜に張りつく細い三日月が、そのまま伸びて長針と短針になっている。

小学生のころ、父にお年玉の代わりに渡されたものだ。

また嫌な思い出がよみがえってくる。

もらった時はまんざらでもなくて、学校でみんなに自慢した。そうしたら逆に馬鹿にされた。お前んちはどんだけ貧乏なんだよ。お年玉のかわりにガラクタのおもちゃを渡すのかよ、と。

それ以来、恥ずかしくて二度と腕に巻くことはなかった。母も反対したと言う。幼稚園児でもあるまいし、今さらキティちゃんなんて馬鹿げてる、と。

とはいえ捨ててしまうのもためらわれ、なんとなく箱にしまったままだった。

——はあ。

愛弓はゆらゆらと腰を下ろした。ガラクタを集めるのも億劫だった。

「欲しけりゃあげるよ」

愛弓の言葉に、治五郎は顔をしかめる。

「いらねーよ、こんなガラクタ」

言って、自分の右手首をさすった。何かが巻いてある。

——ミサンガ?

治五郎はつまらなそうに腕時計を持ち上げ、放りだす。

投げ出された腕時計が、音を立てて缶の中に着地した。

3

窓の外が明るいことに気づき、愛弓は身を起こした。

ベッドの上。いつ眠ったのかは思い出せない。身をひねって床に足をつける。とたんに額をおさえてうずくまる。脳みそが握られるような鈍痛。

——二日酔い、か……。

かろうじて視線を床に這わせる。ブランデーの空瓶、転がった湯呑み、がらくた箱。

治五郎は、いない。

——そうだった……。

愛弓は憎々しげに右側の壁を睨む。

家のつくりは、一階が店で二階が母と父の居室、三階が愛弓の部屋と物置部屋になっていた。治五郎は勝手に父に直談判し、なぜか物置部屋に泊まると言い出した記憶がある。

「ふざけてるわ……」

おもわずつぶやき、壁に向かって舌打ちした。その視界の隅で、針が動いた。そこで絶句する。

――やば！

頭痛をはねのけて飛び起きる。シャワーを浴びて化粧して――どう考えても間に合わない。それどころか、大幅な遅刻だ。

壁時計の針は、まもなく始業時間を指し示そうとしていた。

裏口の玄関で靴を履く。

出がけに物置部屋をのぞいたが、治五郎の姿はなかった。

彼なら、朝早くに出ていったよ。聞いてもいないのに父が言った。その声を背に受け、愛弓は小走りで外へ出た。

三限が始まる寸前に、教室へとたどり着く。

ぐったりと席に着き、そのまま机に突っ伏した。愛弓のことを友達だと思っている数人が、すぐに机を取り囲む。入れ替わりで茶々を入れてくるが、相手をする元気はなかった。かろうじて、始業のチャイムに救われる。

愛弓は両腕に横顔をうずめ、突っ伏したまま息を吐いた。

昼休みもその姿勢で乗り切った。

四限の小テストを終えるころ、気づくと頭痛は消えていた。家で飲んできた薬が効いたらしい。ロキソニンが生理痛以外にも効くということを、いま初めて知った。

愛弓はようやく身を起こし、机の陰でいつものようにスマホを手に取る。

授業中は愛弓にとって、貴重な営業時間だった。常時五〜六名の男とのやりとりを、できうる限り効率的にこなさなければならない。メールやＬＩＮＥやツイッターをひっきりなしに往復する。

いわばそれは、執筆業だった。内容は濃いめに、喜怒哀楽も盛り込んで。質問されるより先に問い、相手の情報をくまなく拾う。

返信は一人につき平均八回。絡み始めたら、しばらくは絡む。飽きる直前の、ちょうどいい回数。

愛弓は自分であみ出した鉄則に従い、しばらくのあいだ作業に没頭した。一段落するころ、ちょうど下校の時刻になる。こうして無駄な授業時間はほぼ潰れ、利益になりそうな案件も見つかった。

これぞ、一石二鳥。

――いっせきにちょう……？

ふと、脳裏をよぎるものがあった。ことわざにまつわる、何らかの会話。かなり、昔の記憶。なんだったろう。

しばらく考えたのち、愛弓は顔をしかめた。あろうことか、それが父の発言だったということに思い至ったからだ。


ねえパパ、いっせきにちょうって何？

一度で二つ、良いことがあるってことだよ。

どういうこと？

たとえば愛弓さ、お菓子が欲しくてママのお手伝いをしたとするよね。そしたらご褒美にお菓子をもらえるだけじゃなくて、凄く褒めてもくれるよね。

うん。

お菓子をもらおうと頑張ったら、もう一つご褒美に褒めてもらえた。一度で二つ、良いことがあったってこと。

そっかあ、なるほどー。

でもね、愛弓。世の中には、逆の意味のことわざもあるんだよ。

え？

二兎を追う者は一兎をも得ず。二つもらおうと欲張ったら、一つももらえないよ、っていうことわざ。

えーなにそれ。どっちが本当。どっちが本当？

なんで、どうして？

世の中の出来事はね、見方によって全く逆になっちゃうことがあるんだよ。

えーなにそれ。

——ほんと、なにそれ。

愛弓はしかめ面のまま立ち上がった。

父に一石二鳥はありえない。常に一兎をも得られない人生だった。だから娘にそんなキモい解釈を。

——ほんと、腹立つ。

愛弓はかばんを背負い、教室を出た。背後で友達を自負する数人が声をかけてきたが、応対する余裕はなかった。

こんなことを思い出したのも、きっと治五郎のせいだ。昨晩あれだけ酒を飲まされ、父のろくでもなさを喋らされたのが原因だ。

どうにも気が収まらない。あの男はいったいなんなのだろう。

勝手に現れ、勝手に去っていった。もしもまた会うことがあったら、何らかの仕返しをしてやりたいが――。

その機会は、存外すぐにおとずれた。


「――へい！　いらっしゃい！」

帰宅するなり、店の中から威勢の良い声が飛んでくる。

カウンター、焼き台、その向こう側。武道袴に縞羽織。白髪頭に捻り鉢巻き。

――治五郎！

「……なにアンタ！　なにやってんのそこで？」

焼き台の内側で、眼力もあらわに仁王立ちする男。その横で、情けなく背を丸め苦笑する父。

「食ってけよ、小娘。とんでもねえ新メニューができたんだからよ！」

――なにが？

唖然とする愛弓に、ヘラヘラと父が笑いかける。

「彼ね、朝早くから築地に仕入れに行ってくれたみたいでね」

「……はあ？　何を？」

治五郎が身を乗り出し、叫ぶ。

「鯛《たい》にきまってんだろ！」例の、どや顔で。「たい焼きなんだからよ、鯛を入れねえで何を入れるってのよ！」

——知らねえし！

愛弓は口を開けたまま立ち尽くした。

治五郎が何かを叫びながら、たい焼きを差し出していた。それを呆然と受け取り、

適当に相づちを打つ。そうした最中に、頭の中では一つの案が形を成しつつあった。

この妙な男を利用する方法。ちょうどいいことを思いついた。

「……ねえ、ちょっとお願いがあるんだけど」

「いいから食え！」

「そこは放っといてさ、一緒に行きたいところがあるんだけど」

「いいから食え！」

「すぐに済むから。ちょっとだけ出ない？」

「いいから——」

埒が明かない。

愛弓は右手に目を落とす。とりあえずは、食べるしかないのか。仕方なく、その匂

い立つ異物を一口ほおばった。

瞬間、目を見開く。かつて味わったことのない風味。

鼻腔をつく生臭い潮の香り——

舌を痺れさせる刺激的な塩け——

喉に広がる不明瞭な出汁の苦み——

——うっ

未知との遭遇に鳥肌が立ち、意思に反して頬が痙攣する。

体が、拒否反応を示している。

——ここで吐くわけには。

愛弓は治五郎を睨みつけた。手元に残った異物をカウンターに放り出し、全速力で路地裏へと駆けた。

渋谷駅前、センター街。

相も変わらず、治五郎は愛弓の少し先を歩く。まるで自分の庭であるかのように、ゆったりとした優雅な足取りで。

——行き先も知らないくせに。

愛弓は苦笑しながら、少し余計に間合いをとってみた。

若者につぐ若者。たまに主婦や会社員。年配者や外国人。そのいずれもが、治五郎の姿に視線をとられる。

ただごくまれに、目配せをしてうなずき合うカップルや、訳知り顔で微笑む一団が通り過ぎる。もしかして治五郎は、ここ渋谷において、知る人ぞ知る有名人なのかもしれない。

「おい、ここか。それともこっちか」

治五郎が立ち止まって振り返った。

――ご名答、その右の店です。

愛弓はほくそ笑みながら、かばんを肩からおろした。

治五郎は顔をしかめて愛弓の視線を追う。質屋のチェーン店。高級ブランド品多数、とあった。

「お願いっていうのはね、そこの店でこれを換金してきてほしいの」

愛弓は言いながら、かばんから箱を引き抜いた。ハリーウィンストンの箱。未開封のままだ。

「なんで俺に？　自分でいけよ」

治五郎は面倒くさそうにつぶやいた。

「高価な品だから。小娘だと気が引けるでしょ」

「だったら親父さんに頼めよ」

愛弓は困ったように眉を持ち上げて見せた。

「ヒマなんでしょ？　あたしにまとわりついて、勝手に家に転がり込んでくるくらいなんだから。いいじゃんべつに。お礼もちゃんとするし」

「ふーん」

治五郎が愛弓の目をのぞき込む。

愛弓はたじろぎながらも、目をそらさないよう努めた。

「まあいいや。とりあえず金に換えてくりゃいいんだな」

治五郎は不満げな顔で、愛弓の手から箱をひったくる。きびすを返し、そのままずかずかと店の中へ入っていった。


ぽつり――と頬に感触があった。

愛弓はスマホから顔をあげ、空を振り仰ぐ。薄暗い灰色が、一面に広がっている。

そういえば六月も中旬に入り、今週から梅雨入りだと天気予報が告げていた。

――降りそうだな。

視線を質屋の店先に戻したとき、ちょうど治五郎が姿をあらわした。手には封筒を持っている。

「ありがとう」

愛弓が手を伸ばすが、治五郎は無言で立ち止まった。納得のいかない表情。封筒をぱしぱしと、仰ぎながら叩く。

「お前、あの指輪どうしたんだ」

「え、ああ」

愛弓は一瞬言葉に詰まるが、すぐに朗らかな声でこたえた。

「貰いもんだよ、単なる」

「出どころはどこだ」

「……いいじゃんべつに」愛弓は干渉ムードから逃れようと、おどけたように声を張る。「あたしの勝手だ。気にすんな」

「ふーん」

治五郎はしばらく愛弓を眺めていたが、やがてあきらめたように吐息をついた。

「まったく、ろくでもねえな。何をどう溜め込んだら、そんなにヤサグレられんだ」

——溜め込む？

治五郎は封筒をひらひらと振り、パシン、と愛弓の胸に叩きつける。

「八二万、だとよ」

「へえー。そんなもんか」

額の多さに内心は飛び跳ねる思いだったが、どうにかつまらなそうな表情を保つ。

「それじゃこれ、手間賃ってことで」

封筒から無造作に札を抜きだし、二つに折って差し出した。

——一〇万ちょっと、てとこか。

治五郎もなぜか、つまらなそうにそれを見る。そうして面倒くさげに、天を仰いだ。

雨が、降り始めている。

「ちょっと、早く受け取ってよ」

愛弓が札を突き出す。治五郎は仰向けのまま目をつむった。

「いらねえよ、そんなもん」

「なんで。お金持ってないんでしょ」

「持ってないんじゃねえ。持たねえんだよ」

「……はあ？」

「そのかわり——」

治五郎が愛弓に向き直る。薄い瞳が、見開かれている。その奥に、何か濃いものが——魂のゆらめきのようなものが、見えた。

「お前の溜め込んだそのヘソクリ、ぜーんぶ俺がもらってやるよ！」

「……へ？」

——ヘソクリ……？

ざあああ！

突如、空がひっくり返ったように唸りだした。

大量の、雨。どこに溜め込まれていたのか、まるで滝のようになだれ落ちてくる。

「……げ！　ゲリラ豪雨！」

愛弓はとっさに札をしまい、逃げるようにして近場の雨除けへと走った。

「きたよきた！　やっときた！」

治五郎はわけのわからない奇声を発し、向かいのドラッグストアへと駆け込んだ。

店外の特売コーナーにしゃがみ込み、何やらごそごそと物色しはじめる。

愛弓はそのずぶ濡れになりつつある後ろ姿に向けて、咎《とが》めようと口を開いた。

それと同じタイミングで、治五郎がこちらを振り返った。両手に何かを隠し持ち、そのまま道の中央に飛び出してくる。たちまち着物が雨に打たれる。嬉しそうに微笑み、両手の中身をこちらに開いて見せた。

——なに？

何かがあるようには見えない。

治五郎はそのまま両手を頭に被せる。わしゃわしゃと、髪をかきむしる。むくむくと、泡が持ち上がる。

——うそでしょ……。

「シャンプー?」

——店の売り物を勝手に!

「ばか、ちげえよ!」治五郎が気持ちよさそうに叫んだ。「液体石けんだ!」

ざあああ!

さらに豪雨の勢いが増す。

ひゃっほうう!

誰もいなくなったセンター街の真ん中で、奇声を上げる男が一人。髪で盛られた泡を浴び、両手両足を振り回して飛び跳ねている。洗濯している。全身を、着物ごと。

それは、あまりにも前衛的だった。豪雨のうねりをＢＧＭに、奇妙な民族舞踏を踊る妖怪。理解をするしない以前に、愛弓はもはや身の危険すら感じはじめていた。

——なんなのこいつ……。

ぶるりと体が震え、その勢いで走り出す。知り合いに出くわさないうちに、あの男から離れなければならない。

——むり。ぜったいい意味不明。

ああいう奇人は、一緒にいればいるほど、話せば話すほど、余計に不可解さが増すタイプだ。男を手玉にとってきた愛弓だからこそ、なおさらそう感じる。

——これ以上、関わらないほうがいいかもしれない。

生活のリズムや、心の平常さに乱れが生じている。それが自分にとって良いのか悪いのか、判断はできないが。

愛弓は少しばかり嫌な予感を覚えつつも、それを振り切るように豪雨の中を駆けた。

家にたどり着いた愛弓は、ずぶ濡れのまま風呂場へと直行し、シャワーを浴びた。

部屋着に着替え、化粧水を浴び、髪を乾かす。

途中で父が、ドアの外から夕飯の動向について聞いてきた。濃厚なトマトクリームの香りに一瞬躊躇したが、不要だと答えた。再度誘ってきた声には、応えなかった。

一息つき、テーブルを前に座る。

宿題タイム。空欄の部分を教科書から探し出すだけの、パズルのように幼稚な問題。

愛弓は授業を一切無視するかわりに、宿題だけは漏らさず提出するようにしていた。それだけ押さえてさえいれば、成績は最優秀のラインを保つことができた。

——はあ……バカみたい。

宿題を一〇分で終わらせ、次に愛弓はイヤフォンを耳にはめる。

英語のヒアリング。それは、自分のための勉強だった。今さら大学進学は無理だとしても、ならばせめて海外留学を目標にと、地道に独学を続けてきた。

——来年からは、別世界へ行く。

愛弓は本来、都立上位の進学校へ行くつもりだった。ところが予想に反して倍率が高く、合格することができなかった。そのため併願でおさえていた私立の女子校に行くことになったが、それを土壇場で変更した。

二次募集を出している都立の共学へ。偏差値は数ランク下の最低ライン。

愛弓の独断だった。

女子校よりは共学のほうがマシ。駄目男は嫌いだが、女だけの集まりも嫌い。両者がうごめく中で傍観を決め込み、つかず離れず暮らしていく方がはるかにラク。

そんなふうに自分に言い聞かせ、母親にうそぶき、本心を押し殺して最底辺の高校へと入学した。

実際、その突飛な独断に、母も父も胸をなで下ろしたはずだった。父はしがないい焼き屋で、母は専業主婦。子供を私立に行かせる余裕など、あるはずもなかった。

——貧乏。

口に出すこともはばかられるその実情こそが、愛弓の独断の本意だった。

——全部、あの駄目男のせいだ。

気づけば周りはクズの吹き溜まり。向上心のある人間などいやしない。誰とも話すことなんてない。好きな人すら、できなくなった。

全部、父のせい。

それでも、愛弓はあきらめたわけではなかった。必ず海外へ留学して、上の世界へと這い上がってみせる。自力で将来を、切り拓いてみせる。

——はい、終了。

六〇分経過。

愛弓はイヤフォンをとって寝そべり、天井を見つめた。

イライラする。自分のすさんだ現状と、それによって得られる未来に。

そうして、自己嫌悪に陥る。

——だめだめ。意味ない。

愛弓は何度もまばたきをし、考えを振り払った。自分自身を責めたり蔑んだりしたところで、どうしようもない。けっきょくは、父のせいなのだ。だから他人に無関心になり、駄目男を利用しなければならなくなった。

それにしょせん、高校は動物園だ。本能むきだしの多様な生物たちが、勝手気ままにのさばっている。校舎という檻の中で。

社会に出ても、それはおそらく変わらない。駄目男たちがいっぱしの顔で辺りをのさばり、日本の社会とやらを形成し、結婚し、子を産み、育ててしまう。

駄目男による駄目社会の駄目ループ。

――だから自分は、このままでいい。

愛弓は目を閉じ、大きく欠伸をした。

ガチャッ
――へ？

「……まったく、しくじったよ！」

見開いた愛弓の目に、腰巻きタオルの裸体が飛び込んだ。

「お前んちには風呂があんだから、無理して雨に頼ることなかったなオイ！」

ガバリ、と跳ね起きる。

眼前に、上半身裸の治五郎。ずかずかと部屋に入ってくる。

「ざけんなよ！　勝手に入るな！」

たまらず叫んだ。

「おいおい、うるせえよ」

「いい加減にしてよ！　ここはアンタの家じゃない！」

「知ってるよ。お前んちだろ」

治五郎は両手に布の塊を抱えており、それをおもむろに広げた。

「干させてくれ。隣の部屋は物だらけで狭すぎる」

「……ちょっと！」

治五郎は壁にかかっていたブレザーをベッドへと放り投げ、かわりに自分の着物をハンガーにかけた。ずぶ濡れの布地を、パンパンと叩いて伸ばす。ピトピトと、床にしずくが落ちる。

「こいつは武道袴つって、一番動きやすいんだよ。羽織は丹後の正絹で、臙脂の縞は甚八染めだ。な、いいだろう。最高だろうが？」

「……」

愛弓は口を開きかけたが、もはや出てくる言葉はなかった。唖然とするより、殺伐とした空虚さがおとずれる。

自分という存在がまるで通用しない。そんなことって、あるんだろうか。

今すぐここから、出ていってほしい。

けれども、愛弓の願いが届けられることはなかった。

それから次の日も、次の日も、また次の日も、治五郎は家に居座り続けた。

日中は父とたい焼きを売り、食事をしては風呂に入り、愛弓の部屋に押しかけては酒を飲み、盛大ないびきで近所迷惑をふりまく。

「いったい、いつまでいるつもり？」

「さあな」

「なんなの。目的はなんなの」

「ねえよ。ただ暮らしてるだけだ」

「なにそれ。まるで寄生虫じゃん」

「俺の勝手だ。気にするな」

愛弓にとって、それは調子外れの日々だった。

自分のペースで自分の事だけを考え、自分にしかわからない哲学を貫く。そうして進んできた道が、突然台風によって土砂崩れに見舞われたような。

とはいえ、どうせ母親が帰ってくればすべてが終わる。母はきっとすぐに、理詰めでピシャリと追い出すか、だめなら警察に通報するだろう。そうなればまたいつもの日常に戻る。こういうことは、母に任せるに限る。

愛弓はスマホをかばんに仕舞い、教室を出た。

友人として黙認された数名が声をかけてくるが、相変わらず上の空で階段を降りる。

治五郎に興味がないといえば、嘘になる。けれども、絡みようがないことも事実だった。

人種というか、文化というか、住む場所というか、年齢も価値観も何もかも、違いすぎていてよくわからない。

ああいう男も手玉にとれる日がいつか来るのだろうか。

――いやいや、ムリだし。

どちらかといえば、手玉にとられる。そういう男がいるのも悪くはない。むしろ、バランスがとれてちょうど良いのかもしれない。

愛弓は一人失笑をもらしながら、校門をあとにした。

今日は久しぶりに空が晴れている。気持ちいい風が髪をなでるが、どことなく、気分に影がさしはじめる。

歩く。徐々に、鳥肌が立つ。その正体に目をこらす。足を止める。

前方に、見知らぬ男が三人。

見間違いではない、こちらを凝視している。人間を見ているようにはみえない、禍々しい視線。それがグニャリと歪んだかと思うと、突然三人は動き出した。

恐怖で足がすくむ。

愛弓は、いつか去来した嫌な予感が、たった今的中したことを知った。

4

廃屋のバー。

埃まみれのカウンター、床に転がったスツール。破れたソファ、薄暗い照明。

絶望的な空間。

愛弓は殴られ、ひっぱたかれた。唇の内側が切れ、ガムテープを巻かれ、引っ張り回されては体中をまさぐられた。脅されては引き倒され、立たされては揉みしだかれ、とはいえブレザーを脱がされることもなく、ただ延々と、不気味で不可解な遊戯が続いた。

幼児に弄ばれるぬいぐるみのように。愛弓は床を這い、体を打ちつけ、精神を砕かれていった。

やがて絶望で心が真っ白になった頃、ついにスカートが引き剝がされた。

白は闇に塗りつぶされ、濃密な虚無が体中を満たす。

何も思ってはいけない。感じてはいけない。願ってはいけない。

きつく瞼を閉じたそのとき、扉が派手な音をたててはじけた。

——ドオンッ！

進む。


「——ごるぁー！」

猛り狂う着物姿が、飛び込んできた。部屋中にとどろく怒声を発し、愛弓の姿のみを凝視する。いきり立つ男たちを完全に無視し、ズンズンと一直線に愛弓のもとへと進む。


——治五郎……！

救世主、きたり。

だが。

助かったと涙を滲ませた瞬間、愛弓の頭が鞠のようにはじけた。

ばちいぃーん！

「アユミてめえ。ふざけたことしてくれたなオイ……！」

地の底から響くような声だった。その視線が、深い険を帯びて歪んだ。

愛弓はわけがわからず、ただ歯を噛みしめた。ぎりり、奥歯が軋む。

治五郎は男たちを睨め回し、吐き捨てるように吠えた。

「さっき、たい焼き屋にチンピラみてえなのが来てよ、不味いだなんだって因縁つけて、カウンターを叩き割ってったぞ！」

治五郎はまくしたてながら、愛弓に手をそえ乱暴にガムテープを剝いだ。

「どうせお前のせいなんだろ！　ふざけやがって……新メニューも台無しじゃねえか！

せっかくタコのぶつ切りを入れた傑作だったのによ！」

愛弓は頬がゆるむのを感じた。場違いに微笑んでしまう。それはたい焼きではなく、もはや〝たこ焼き〟だ。

心に、少しばかりの冷静さがおとずれた。

「――で、アユミ。こいつらに心当たりはあんのかよ」

治五郎はふたたび周囲の男たちを一瞥した。

「……ない」愛弓は大きく息をついて、言った。「けどもし誰かに雇われたんだとしたら、心当たりは数え切れないかも」

「なるほどな」

治五郎は愛弓に向き直り、うんざりしたようにつぶやいた。

「けっきょくクソがクソを呼んで、そのクソがまた大量のクソを連れてきたってオチか。なあ、クソ女」

――クソ……女

愛弓はかつて言われたことのないその響きに、嫌なざわめきを覚えた。

「なんだテメエ！　クソはどっちだ、アア？」

愛弓のとなりにいた男が叫ぶ。ほかの二人も、ゆらりと近寄る。殺気が、廃屋に充満していく。

「おいおい。誰にいくら貰ってんのか知らんが、やめておけ」治五郎は静かに、怒気を含ませた。「お前らがかなう相手じゃない」

ざわっ、と気配がゆれる。一瞬の沈黙。

ぶん、と何かが横切った。となりの男の拳が、治五郎の顔面にめり込んだ。治五郎は派手につんのめり、後ろへと仰け反る。その腹に、べつの男の膝が食い込む。転がり、蹴られ、踏みつけられ——、瞬く間に、治五郎は床にのされた。

——うそでしょ……。

「なにこいつ。激よわ……」

男たちが呆れたように顔をしかめる。

「……オイ、待てこら」治五郎が這いつくばりながら、声を絞り出した。「お前らがかなう相手じゃねえって言ってんだろうが。もうすぐ来るぞ……警察の方々がよ！」

「アア……？」

男たちに、動揺が走った。たちまち、視線が飛び交い始める。

どうする。はったりだろ。いや。どうせこの状況じゃ。でも何もできねえし。

そんな思惑が、手に取るように感じられた。男の一人が舌打ちする。

「やめだやめだ。とりあえずもうじゅうぶんだろ。——行くぞ！」

三人が、動き出した。各々が憎らしげな顔でドアに向かう。

舌打ちしながら、あるいは唾を吐きながら、通り過ぎざまに治五郎を蹴っていく。
……うっ　くそっ　やめろっ
治五郎のうめき声に、ドアの音。
バタンッ

静寂がおとずれる。

何事もなかったかのような、沈黙。

——助かった……。

危機は、去った。深い安堵に包まれ、愛弓はソファにもたれ込んだ。自分の状況を思い出し、あわててスカートを穿く。

治五郎を見やる。腹部を抱え、うずくまっている。ろくに喧嘩もできないのに、よくもあの勢いで乗り込んできたものだ。

感謝の念と同時におかしさがこみあげ、愛弓は静かに、クスリと笑った。

「……なんで、ここがわかったの」

ふと、感じていた疑問を口にする。

治五郎はよろよろと立ち上がった。

「親父さんだよ。お前のかばんの裏側によ、なんだっけ……Ｊリーグ？」

愛弓は眉をひそめ、聞き返した。

「GPS?」

「そうそれ。縫い付けてて、居場所がわかったってわけよ」

「……え? なにそれ、キモい……」

「親心だろ! おかげで助かった」

治五郎はゆっくりと移動し、床に転がったスツールを直した。

「娘がろくでもないから、父親が心配する。当たり前のこったろうが」

「ろくでもないのはあっちだけどね」

言い終えた途端、さああ、と空気が張り詰める。見ると、治五郎の顔がまた鬼のように強張っていた。愛弓の体が、ぶるりと震える。

次の瞬間、直立した治五郎の体から怒号が放たれた。

「――いい加減にしろ!」

鼓膜が、びりびりと痺れる。

あまりの気迫に、愛弓は竦み上がった。

「親父さんに対する勘違いを勝手に溜め込みやがって、そんでクソみてえにヤサグレて。あほかてめえは!」

――え……なに……

「いいかオイ。たとえば大好きなたい焼きだってな、そりゃ年がら年中食べてたら、そのうち嫌いになるさ。愛情も、一緒なんじゃねえのか！」

治五郎は仁王立ちのまま指を突きかざした。

「駄目なお前に、教えといてやるよ。お前はな、父親の愛情を受けすぎて、どうも思わなくなっちまったバカだ。そこへ嫉妬した母親が、あることないこと親父の悪口をお前に吹き込むようになった。十何年も、延々とな！」

突然の容赦のない言葉に、愛弓は困惑する。

「——そんなこと……お母さんがするはずない！　なんでそんなこと」

「ストレス発散だろ、単なる！」

治五郎は、吐き捨てるように言った。

「お前の母ちゃんはな、てめえの人生がつまらなくて耐えらんねえから、親父さんをはけ口にして生きてんだよ。仕事もできねえ怠け者で、かといって主婦業もうんざりな駄目女が、自分を棚に上げるために親父さんを利用してきた。娘を通じて旦那を攻撃することで、自分の優位性っつうか自我みてえなもんを保って、要は自分はまんざらでもねえ存在だ、て自分で自分に言い聞かせてんのよ。ヒステリックなクソ女にはよくあることったな！」

——そんな言い方……！

ひどすぎる、と言おうとして、のどが詰まった。

これまでの、母親の言動の数々。執拗に父を責め立て、恍惚となる姿。それらが脳裏に立ちあらわれては、消えていく。

「けどな、お前の母ちゃんは親父さんのことを心底嫌ってるわけじゃねえ。もしそうなら、とっくに別れてる。生きるために親父さんを必要としてるし、ある意味〝糧〟にしてんだよ。親父さんはそれを知ってて為す術がねえから、黙認し続けてるってわけだ。まあいずれにしろ、歪んだ家族関係だけどな！」

「……うそ！　そんなの勝手な屁理屈だし！」

「だったら、思い出してみろよ。うわべだけじゃなく、ちゃーんとよ」

治五郎はスツールに座り直し、両腕を組んだ。

「親父さんはなんで、一流企業の管理職を辞めて、たい焼き屋なんぞをはじめたんだ？」

「……え？」

そんなの決まってる。会社勤めとか人間関係とかが面倒で、だらだらと気ままにやりたいから――

「すっかり母ちゃんに吹き込まれて、もう思い出せないってか？」

……なにを
「親父さんに聞いたぜ。理由は三つあったってよ。お前が物心ついて、可愛くてしょうがなくて、たくさんそばにいたかったってのがひとつ。母ちゃんが子育て苦手で、ことあるごとに不満を言い出したからってのがひとつ。そんで最後は、お前――」
治五郎の指が、愛弓の芯を指す。
「お前自身が、その可愛い口でお願いしたんだろ。〝パパ、たい焼き屋さんやってーってよ！」
「……うそだ」
うそでしょ
そんな覚えない
「いい年こいて会社を辞めて、浅草のテキヤに弟子入りしたってんだから、そりゃあ大変だったろうよ」
そんな話、聞いたことない
「それとなんだっけ？　母ちゃんに言われなけりゃ何もしないだと？
逆だろ、ふざけんな。母ちゃんに言われたことは何でもやったんだよ！　言われたら、そのとおりに動く。そんな男がこの世にいるだなんて、俺には信じられねえ」
うそ
うそ
「ちゃんと思い出せよ」

治五郎の声が、全身に突き刺さる。

「親父がアホみてえにストレス抱えて、気晴らしに嫌がるお前を強引に連れ出して外へ逃げた？　寒くて凍える日に、無理やり水場で遊ばせたって？　そんな馬鹿な話があるか」

声が、体に侵入してくる。

「俺だったら絶対ごめんだね。いくら可愛い娘がせがんでも、仕事で疲れてんのに、しかも凍えるほど寒いのに、水場で遊ばせるなんてどんだけ面倒くせえんだよ。とんだ重労働だっつーの！」

震えが、止まらない。

「お前が、せがんだんだよ。母ちゃんに言っても駄目の一点張りだからよ。だったら親父さんに頼むしかない。たとえ雪が降っていようと、それでもお前は遊びたくて、駄々こねて公園につれてってもらったんじゃねえのか。

お前はいつも親父さんの手をひいてねだったんだろ。クソ暑い日も、クソ寒い日も。大人にはこたえるような、面倒くせえ要望を、親父さんは全部かなえてくれたんだ。で、そのつど母ちゃんに怒られた」

震えが、涙を呼ぶ。

「お前は子供ながらに、都合の悪いことは全部親父さんのせいにした。無理もねえ、母親のヒステリーほど怖いもんはねえからな。

それに、どっかで怪我した傷がまだ残ってんだろ。そこはまあ、逆恨みもするわな。親父さんもそのことだけは取り返しがつかねえって、今でも惨めに縮こまってるわけだしな」

涙が、また全身を震わせる。

「ただ人間ってのはよ、罵倒を浴び続けたらそりゃ人相も変わるぞ。自信も無くす。おまけに誇りまで踏みつけられたら、ふつう男だったら生きてけねえよ。

けどなんだろうな、お前の親父は生きてる。わりと元気ハツラツによ。そのクソみてえな女房子供から逃げようともしねえ。俺だったら即捨てるけどな。けどお前の親父さんはたぶん、そんなことは考えたこともねえ。……なぜか。なぜなのか」

治五郎の、声。

「――愛してるからに決まってんだろうがよ！」


視界が、歪んでいた。

どうしようもなく、揺れていた。

水面のようにさざめく中で、いつかの情景がゆらゆらと立ち現れた。

――ねえパパ。あたしのなまえ、どういういみなの？

——アユミはね、愛に弓って書くんだ。キューピッドのことだよ。パパが名づけた。

——パパが?

——うん。愛弓はね、みんなからたくさんもらった愛で、みんなを幸せにできる子なんだよ。

そうしていつものように、肩車。父のもしゃもしゃの髪の毛。

嬉しくて嬉しくて、カメラのシャッターなんか見てられなかった。


治五郎の声が、残像をかき消す。

「お前は、長いこと母親の反吐に付き合ってきたせいで、そのクソみたいな気質を知らないうちにそっくり受け継いじまった」

手足が痺れ、体が急速に萎えていく。

「いいかアユミ。もういい年こいてんだからよ、ババアになる前に目を覚ませ。お前の母親もお前も、何がどんだけ溜まってんのか知らねえけどよ。ストレス発散は外でやれ。てめえらがクソだからって、男を足蹴にするんじゃねえ!」

目を覚ませ……。

でも今さらいったい……どうすれば。

「明日からアユミ、お前は母ちゃんを毎日外へ引っ張り出せよ。親父さんにしてもらったように、今度は母ちゃんを連れ回してやれ。で、クソみてえな街で、クソみてぇに発散してこい。そしたら少しはお前らの人生もマシになんだろ。でもって、親父さんのありがたみが、その凄さが、少しはわかるだろうよ」

視界はまだ、揺れている。その歪みが、あるイメージと重なる。

噴水。

なんだか嫌なんだけど、でもなぜか落ち着く感覚。

母のストレスと、父の包容力。交互にゆるやかに湧いては流れ、ときに激しく噴き出しはじける。

愛弓はしばらくのあいだ、そのイメージに浸っていた。

治五郎も、押し黙っている。

そうして、時は流れていく。愛弓の中に溜まった何かも、ゆっくりと流されていくようだった。

「――そろそろ行くぞ。ここはもう飽きた」

治五郎の声が、聞こえた。愛弓はゆっくりと顔を上げる。

「ほら、立て」

治五郎はスツールから降り、袴の裾をパンパンとはたいた。

「立てよ、早く」

愛弓はうなずいたが、動けなかった。全身に力が入らない。何もかもがズタボロで、身も心も、ピクリともしない。まるで生まれる前の、赤子のように。

「しょうがねえな。……ほれ」

治五郎が背を向け、愛弓の前にかがみ込んだ。強引に手を取り、背負い込む。

「くっそ！　重てえガキだな……」

治五郎は毒づきながら、腰を上げる。愛弓の視界が、ぐんと持ち上がった。

——おんぶなんて、何年ぶりだろ。

愛弓は遠い記憶を探った。

そのあいだに体は移動し、ドアをくぐり、階段を上った。

視野がひらける。光が射している。風が吹いている。

愛弓は目を細め、治五郎の肩に顔をうずめた。

街並みが移動していく。人々が、すれ違っていく。何もかもは、静かに通り過ぎる。

治五郎はただ、黙々と歩いた。

やがて、なじみの場所にさしかかる。渋谷公会堂。

——たしかここで。

愛弓が思い起こしたとき、治五郎のつぶやきが聞こえた。

「潮時……だな」

――え……？

渋谷公会堂の敷地内。最初に出会った場所。そこで、回されていた腕が解かれた。

「それじゃ、俺はもう行くわ」

治五郎が言う。言うような気は、していた。

愛弓は自分の身を抱きしめるように、両の手で体をさすった。

「ヘソクリもいただいたことだし、そろそろ頃合い、てやつだ」

――ヘソクリ、か……。

愛弓は微笑んだ。たしかに、心の奥底に溜まっていたものが、きれいさっぱりこそぎ取られたように感じる。

「ほいじゃ、元気でな！」

ズバ、と治五郎が右腕を振り上げた。

――ん？

その手首に、愛弓の目がとまる。

「ちょ……、それ」

「ん？　これか」

治五郎が、しらじらしく笑った。

「宮城限定の独眼竜キティだっけ？　腕時計はレア物らしいぞ。お前がテレビを見て欲しがったから、親父さん、フンパツしたんだってよ」

――ヘソクリって……それかよ！

「ちょ――返してよ」

「くれるって言っただろうが」

「事情が変わったの。返して！」

「……ったくうるせえな。ほらよ！」

治五郎は袖から何かを取り出し、放り投げた。それを両手で掴み取り、愛弓は顔をしかめる。ミサンガだった。

「んじゃ行くわ！」治五郎は歩き出している。「もう会うこともねえだろう！」

呆然としているあいだに、その姿は視界から消えていった。

勝手な捨て台詞。

――行っちゃった。

愛弓はいつもの段差に、へたりこむように腰をおろした。眼前には例の時計塔がそびえたち、その真下にはあの噴水があった。

ザーザーと、水が噴き出している。

かつては苛々としたそのキラメキが、今はほんの少しだけ景色に映える。

懐かしい言葉が、脳裏をよぎった。

世の中の出来事はね、見方によって全く逆になっちゃうことがあるんだよ。

父の声。父の顔。卑屈で鈍臭い、笑顔の残像。

そういえば明後日は、父の日ではなかったか。

――プレゼント、買ってみるかな。

思わぬ考えが頭をよぎり、愛弓は自分自身に驚いた。やがて次から次へと湧き出るイメージに、おもわず微笑をもらす。贈り物の候補と、それを受け取る父の表情。

――その表情は、悪くないかもしれない。

ザーザーと、キラキラ。

ザーザーと、キラキラ。

たくさんのイメージが、宙を漂う。

それは愛弓の目にはやけにまぶしく、キラキラと煌《きらめ》いて見えた。

エンドロール

ひとしきり舞うイメージ。

噴水。とめどなく流れる思い出と展望。

愛弓は、立ち上がった。

虚脱していた心と体には、新たな力が宿っているように感じられた。

一歩を、踏み出す。深呼吸をして振り返る。治五郎が去った方向。ほがらかに、街を眺める。

――へ？

愛弓は、目を見開いた。十数メートル先の歩道に、異物が立っている。

見間違えようもない、着物姿。

――治五郎！

そしてその横に立つ、ほっそりとした中年女性。

「……お母さん？」

おもわず出した大声に、二人がゆっくりと振り返る。

「――なんでそこにいるの！」

二人に向かって、叫んだ。

母が手を振りながら、声を張ってこたえる。

「さっき帰ってきたのよ。急にこっちで同窓会があるって聞いたから。そしたら愛弓を見かけてね」

いつもの、凛とした声。

その横でヘラヘラとしていた男が、裾をたくし上げてこちらへ走ってきた。愛弓に近づき、耳打ちする。

「いやなんか、母ちゃんが偶然、すぐ後ろで俺たちのやりとりを見てたらしくてよ。心配させないように事情を説明してたのよ。転んで怪我したお前を俺が救ってやった、てことにしてやったから！」

その声がどことなく弾んでいることに、愛弓は嫌悪感をおぼえた。

「それよりお前の母ちゃん、すんげえイカしてんなオイ。こんな人がクソ女のわけがねえ。さっき言ったことはぜんぶウソだ。クソなのはお前の親父のほうだよ！」

――はあ？

「んじゃな！　クソ親父にちゃんと言っとけよ！　真面目にやれってよ！」

治五郎は言うだけ言って、勢いよく走り出した。

母にペコペコと頭を下げ、ヘラヘラと愛想笑いを浮かべながら、ウキウキと小走りで駆けていった。

――なんて奴！

愛弓は苦々しい表情を浮かべながら、もう一度思った。

――なんて奴なんだ！

ふたたび、体中が虚脱しそうになる。

それでもなぜか、愛弓の心中に変化はなかった。

気づけば目尻は緩み、口元には笑みが張り付いている。

当たり前だろ？　うちのお母さんはクソ女なんかじゃない。少しばかり世間に厳しい、だからこそストレスを抱えがちな、気高い孤高の女なんだよ！

そしてそんな女をモノにした父だって――その娘をもしもそこまで愛してるって言うんなら――クソ親父なんかじゃない、かもしれない……たぶん！

愛弓は噴水を振り返った。頬がへんなふうに歪んでいる。この気恥ずかしい失笑は――誰に向けられているものだろう。

青空に跳ねる、光の飛沫。先ほどおとずれた、いくつものイメージ。

その煌めきが、より鮮烈に映えていた。

Act 2　雄の生態

「お前のふくらませたその風船、ことごとく叩き割ってやるよ！」

1

――心臓が、痛かった。

バクバクと脈打つ鼓動が、胸から首、頬までをも揺さぶっている。

喉が詰まる。息が苦しい。早くここから、逃げ出したい。

私は何度目かの衝動にまた屈しそうになる。それを抑えつけるために、歩道の生け垣を背にし、その場にしゃがみこんだ。

湿気の濃い夜。梅雨は明けたと聞いたが、とてもじめじめしている。にもかかわらず、体から噴き出すのは冷や汗のたぐいだった。

息を吸い、空を見上げる。

満天の夜空。辺りが暗いせいで、星がよく見える。暗いのは、新月のせいだった。

うっすらとした、かぼそい輝き。周りを照らすこともなく、存在がおぼろげにわかる程度の、あまりにも細いライン。

まるで――私のようだ。

私はしゃがんだまま振り向き、もう一度、視線を生け垣の向こうに戻した。二車線の車道を挟んだ距離に、建物の入り口があった。

近くて、遠い――彼のマンション。身を隠したまま、その五階のベランダへと視線を上げる。

今しがた、照明が消された。

あの部屋にいるカズくんが、あの温かい手で、照明のスイッチを切った。その仕草がまざまざと目に浮かぶ。よく知っている、その瞬間――私はいつも、ドキドキしながらその仕草を見ていた。

けれども今そこに、私はいない。そこにいるのは――見ず知らずの女性。

あそこでこれから、いったい何が行われるのか。暗くなった部屋で、女性と二人きりで、いったい何が――。

考えたくない。わかりきっている事実。いや、そんなはずはない。カズくんが、そんなことをするはずがない。ぜったいに、そんなはずは。

ガクガクと、体が震え出す。ふいに、嘔吐がこみ上げる。昼から何も食べていないのに。

とっさに地面に落ちたハンドバッグを拾い、中をまさぐった。アルミ包装から錠剤を二つはじき出し、口に放り込む。飲み込もうとするが、喉も口もカラカラに渇いていてうまくいかない。ペットボトルを取り出し、かろうじて水で流し込んだ。

息をつく。

即効性がないことは知っている。けれどもその一連の作業によって、心なしか気分が落ち着くように感じられた。

先週処方して貰った、強めの薬。それがもう、少ししか残っていない。

ふいに、喉の奥が締めつけられる。目の奥が、じんわりと熱をもつ。嗚咽の予感。とっさに歯を食いしばり、太ももに爪を立てる。こする。フレアパンツがギシギシと鳴り、その音に意識をかたむける。

目の奥でじわじわと温度を上げる涙を、なんとか冷やそうと――まばたきをする。ぜったいに、泣きたくはなかった。泣けば、すべてが台無しになってしまうような気がしていた。これまで培ってきた、二人の関係。私の、カズくんへの想い。すべてが無意味なものに、卑屈なものになってしまう。

立ち上がり、また座る。立ち上がる。

行動が滑稽にならないよう、ごく自然に屈伸をする。自分の行為を滑稽に思ってしまったら、その瞬間にきっと壊れてしまう。だからゆっくりと屈伸し、何度か深呼吸をする。

ようやく、気分が落ち着いてくる。ふたたび歩道にしゃがみこみ、空を見上げた。

――いったい、いつから。

満天の星。

かぼそく頼りない私以外は、みんな輝いて見える。

――いったい、いつから自分は……。

こんな風になってしまったんだろう。

一筋の残像が横切る。

流れ星が、見えた気がした。出会った頃の風景が、夜空に浮かぶ。

カズくんはあのとき、こう言った。

――俺たぶん、いつまでもずっと、さっちゃんの事が好きだと思う。

夜景の見えるホテル。美味しい赤ワイン。二人で寄り添って、流れ星を探した。

めくるめく陶酔感と、充足感。ぴったりと吸い付くような、やわらかい身体。

過去の男性とは、まるで違っていた。カズくんはとても気を遣ってくれる。褒めてくれる。立ててくれる。

今まで付き合ってきたひとたちは、私の事を〝沙智子《さちこ》〟と呼び捨てにするか、もしくは〝サチ〟とペットのように呼んだ。そこには程度の差こそあれ、常に見下したようなニュアンスが含まれていた。

でも。

――さっちゃん。――カズくん。

私たちは、そう呼び合っていた。くん付けに、ちゃん付け。それがとても素敵で、新鮮だった。

カズくんに出会って、気づいたことがある。これが――恋人同士というものなんだ。かけがえのない気持ち。信じられないほど幸福で、今まで知らなかった感覚に満ちていて――それはずっと、続くと思っていた。

マンションを振り返る。窓のカーテンがかすかに揺れているのが見える。あの部屋のベッドは、窓際にある。なぜ、カーテンが揺れているのか。おもわず、目を背ける。

いつからだろう。

どうして、こんなふうになってしまったんだろう。

脳裏に、フルートの音色がただよう。ショパンの、別れの曲。

もう、無理だ。これ以上、耐えられない。だから私は、ここへきた。幸福な思い出はそのままに、すべてを終わりにしたい。

──カズくんと、別れたい。

でないと私の精神が、この体が、際限なく壊れていってしまう。だから何日も何日も悩んで、ようやく決めたはずなのに。

なのに。

なのに。

私は立ち上がる。体はまだ、かすかに震えている。

カズくんの部屋を凝視する気力も、その中の様子を想像する意欲も、もはや湧いてはこなかった。現場を目の当たりにするための勇気は、とうにしぼんでいた。

もう、考えたくない。

──別れたくない。

これ以上、傷つきたくない。

もし私が、明日からまた何事もなかったかのように振る舞えれば。今まで通り、カズくんの望むままの女として、疑問をもたずに従い続けさえすれば。またあの頃の幸福感に、きっと満たされるはずだ。

それに、冷や汗でぐちゃぐちゃになったこんな顔──カズくんに見せられるはずもない。

私はゆっくりと、深呼吸をした。

よかった。あぶなかった。早まるところだった。感情に身を任せて、全てを失ってしまうところだった。早く帰って寝てしまおう。明日も早いし、仕事の前に心療内科へ寄らなければいけない。

くるりときびすを返した。気分はいくぶんすっきりとしていた。

軽快な足取りで、一歩を踏み出す。そのまま颯爽とこの場を後にして——

ガシッ

突然の衝撃に、身が硬直する。右の手首が、掴まれていた。

「——おいこら。どこへ行く」

手首を締め上げる恐ろしい握力。そのふてぶてしい声音。

私は振り返り、その異質な着物姿を認め——愕然とした。

「……な……」

「あそこの部屋だな?」

治五郎は、オモチャを見つけた子供のような目でマンションを振り仰いだ。

「これから大イベントなんだろ? 見物だなあ、オイ」

なぜここに……?

私は声を絞り出した。

「なぜここに……？」

「俺はお祭り騒ぎが好きなんだよ。つーかなんだよサチ公、そのモノノケみてえな面は」

――もののけ……。

「ったく。とっとと行くぞ！」

体が、ガクンとうねった。

治五郎に腕を引っ張られ、私の体が勝手に動き出す。胸の奥が、とたんにバクバクと跳ね回る。

「……待ってください。ちょっ……、やめてください！」

乗り込むというのか。あの部屋へ？

――この顔で……？

嫌だ嫌だ。ちょっと待って。いったいどうして、こんな目に――

治五郎は止まらない。怪物のように、禍々しいほどに。意気揚々と足を踏み出していた。

喉が詰まる。息が苦しい。

――心臓が、痛かった。

2

――一週間前――

沙智子《さちこ》は、就業時間を終えてオフィスをあとにした。

渋谷マークシティビル。一流企業の集うフロアを背にし、ふらふらとエレベーターへ乗り込む。

昨日も、連絡はなかった。一昨日も、その前も。和明《かずあき》からの音沙汰がなくなり、今日でもう四日目だった。

エレベーターを降り、駅への連絡通路へと足を踏み出す。そのとたん、体が硬直した。行き交う人混み。大量の足音。匂い。

目眩が、おとずれた。ここしばらく、熟睡できたためしがない。ぐらり、と意識が揺れる。膝を折り、おもわずその場にしゃがみ込んだ。

――いい加減、うんざりなんだよ

――ムカつくんだよ、もう喋るな

声が、こだまする。ずっと、こだましている。

「──ちょっと小宮《こみや》さん？」頭上から、ふいに香水の匂いがした。「大丈夫ですか？」

顔を上げると、いつの間にかスーツ姿の女性が立っていた。美姫《みき》。同じ会社で働く、六歳下の後輩。

沙智子は慌てて立ち上がり、何食わぬ顔で微笑みを返した。

「ごめん……ちょっと、寝不足でフラフラしちゃっただけ」

「寝不足って──ひょっとしてまた、例のカズくんですか」

「いや……。あ、うん……」

沙智子は苦笑してみせた。いくぶん、気持ちがやわらぐ。

美姫は知人の中で唯一、愚痴をこぼせる相手だった。昨年入社してきた新人だが、そのときに研修を受け持って以来、親身な会話をもつようになった。

というより、沙智子と和明が出会った場面に、美姫はたまたま居合わせていた。それから成り行きで、和明との状況をのろけ半分で話すようになっていた。とはいえ、今は──。

「小宮さん、聞きますよ。とりあえず店に入りませんか。お腹すいてるし」

「……ごめん。私、食欲なくて」

沙智子取りつくろうように淡い微笑みを浮かべる。

食欲は本当になかった。昼食用に買っておいたシナモンロールも、食べずにハンドバッグに入ったままだ。

「だったら、お茶だけでも」美姫が遠慮がちに二の腕に触れる。「少しは気分、晴らしてくださいよ。せっかくの金曜の夜じゃないですか」

優しい子だった。美姫はこうしていつも、自分を励ましてくれる。

とはいえ、ここ最近の出来事を話すのは、少々ためらわれた。なのにどういうわけか、足は勝手に動き出す。美姫の少し斜め後ろを、追いすがるようにしてついていく。

一人でいたくない。誰かと一緒にいなければ、きっと自分自身を保てなくなる。

その思いが、美姫を追う足を早めさせていた。

エスカレーターで地上まで降り、歩道を横切る。

ハチ公前。押し寄せる若者の群れ。

宵闇のおとずれと同時に、この街は脱皮をはじめる。仕事で疲れた古い人間が去っていき、かわりに熱量に満ちた新しい人間で溢れかえる。ギラギラとぬめった若い皮膚が、この街の色を隅々まで塗り替えていく。

「……やっぱり」

家に帰りたい。早くこの街を出たい。今の自分には、耐えられない。

そんな思いが口をつこうとしたとき、先に美姫がつぶやいた。

「なんですかね、あれ」

おもむろに指を突き出す。指し示したその方向には、色とりどりの風船があった。

「なんで風船が……」

寄せ合いながら宙に揺れる球体。それらは紐で結ばれ固定されていた。

ハチ公の、首に。

「……え?」

たじろぐ沙智子を尻目に、美姫は面白そうに歩を早めた。人波をかきわけ、少しずつ近づく。ハチ公の横に、異様な人間が一人、立っていた。

「なにあれ……侍?」

古びた着物姿。けれども、侍というにはふさわしくない。

異様と感じたその原因に、沙智子の目は釘付けになった。

頭部を覆う、脈打つような白い髪。全体的に色素の薄い雰囲気。顔や佇まいは若く見えるが、そうではないのだろうか。

背筋に、悪寒が走った。

「何かのキャラかな。コスプレですよねあれ。へえー、なんのイベント?」

美姫は逆に面白がり、臆さずに人波を分け入っていく。

沙智子は顔をしかめながらも、仕方なくそれにならった。

雑多な人混みは、もちろんギャラリーではなく待ち合わせの群れだった。けれども皆、奇異なる視線をその男に投げかけている。

その只中で、着物姿の男が、ハチ公の首に手を伸ばした。風船を一つ、むしるように取り、それを前につきだす。その手の先には、子供がいた。小学生くらいだろうか。その後ろには母親が連れ添っており、困ったように子供をたしなめていた。

男が妙な笑顔で子供に風船を渡す、渡しながら母親に何かを言う、母親が唐突に怪訝な顔をする、何度か言葉が交わされる、母親が諦めたように鞄に手を入れる、ペットボトルを取り出す、男がひったくるように受け取る、不服そうにペットボトルを眺める、それを機に母子は逃げるように去る。

「はあ……？　なんか変ですね。何やってんだろ」

美姫はのんきな口調で言いながら、なおもそのそばへと近づいた。

「……げ。コスプレじゃないの？　まさかリアル……？」

近づくにつれ、男の容姿がより鮮明になった。着物も白髪も、随分と馴染んでいるかのように見える。まるで遙かなる過去から、そのままの格好で出現したかのように。

その異質な存在が、ぐびぐびとペットボトルのジュースを飲み下している。

悪寒が走った。

「……ねえ、やめようよ美姫ちゃん」

「え、ああ──そうですね」

数メートル近づいた時点で、さすがに沙智子は足を止めた。美姫もようやく進行方向を変える。

しかし、手遅れだった。視線を向けていたのがいけなかった。

「──お？　なんだ姉ちゃんたち」

着物男が、言った。はつらつとした、大きな声で。

目が合っている──いけない。

沙智子は慌てて体の向きを変え、その場を離れようと美姫の背を押した。けれどもふいに、体が引き戻される。肩が、後ろから摑まれていた。

「まあ待てよ。風船ほしくないか？」

振り向くと、不穏なドヤ顔が間近にあった。

「……ひっ」

恐怖に、身が縮まる。

「ほしいんだろ。ほら、こっち来い」

「……い、いえ……」

絶句するのもかまわず、男は沙智子をハチ公まで引きずっていった。

「何色がいい？　青か、緑か、赤か」

男が振り返り、沙智子を凝視した。

「茶色なんてねえぞオイ」

——え？

たしかに茶色は好きだが、何を言っている……？

「そのくらいお前の服を見りゃわかる。ほら、とっとと選べ」

「……いや、あの」

「早く！」

「……あ、あ、み……」

「赤？　青？　緑？　なに、全部か」

「……いえ、じゃなくて」

とっさに後ろを振り返った。美姫がいない。群衆が一様に、こちらを眺めている。

「ほらよ。しっかり持て」

風船を三つ、手に握らされた。沙智子は動揺を隠しきれず、視線を飛び散らせる。

「——あ」

群衆の中に、美姫の姿があった。苦笑しながら小さく手を振っている。

——何故……？

「早くしてくんねえかな」

「……え」

振り返ると、男がこちらに手を差し出していた。何かを要求している。

「まさか、タダで持ってくつもりか」

「……あ、すいません」

沙智子は愕然としながらも、慌ててバッグに手を入れた。

「あの……、おいくらですか」

「ばかやろう！　金じゃねえよ」男は、長い白髪をボリボリと掻いた。「俺をよく見ろ。腹が減ってんだろ」

「……え？」

「食い物だ。さっさと寄こしやがれ」

「……？」

愕然が、止まらなかった。無意識にバッグの中をまさぐる。

――あ……。

ちょうどいいものに、指先が触れた。昼に食べずにいた、シナモンロール。とっさに差し出す。男が受け取る。

「ほう。パンか」

受け取りざま、ビニールの包みをはがしてかぶりついた。

「――ぐっ！」男が叫んだ。「おえ！　ニッキじゃねえかこれ！」

――ニッキ？

「出たよイマドキの小娘がよ！　こんなもん食って、よく平気だなオイ」

「……シナモン、のことですか……」

「横文字でかっこつけんじゃねえ！」男は吐き捨てるように言いながら、口の中のパンを吐き捨てた。「ニッキだニッキ。もしくは桂皮《けいひ》！　ミイラの防腐剤だぞ！」

「……え？」

「え、じゃねえよ！　ミイラの味だ。ミイラ食ってお前、それでお洒落さんのつもりか？　あほなのか！」

愕然が、止まらない。

沙智子は視線をそらしたかったが、こちらを見ているであろう群衆の目も怖く、ひたすら赤面してうつむいた。

「あーもう、信じらんねえ。吐きそうだ。なんなんだお前は。名前はなんだ？」

「……え？」

「名前だよ。ねえのか？」

「……小宮です……」

「名字じゃねえよ名前だよ。鈍くせえなほんとに！」

おもわず肩が震える。

「……さ、沙智子です」

「ああ？ ハチ公？」

「いえ、あの……沙智子」

「サチ公か。声小せえよ」

男がぐい、と足を踏み出す。恐ろしい笑顔が、間近に迫る。

「責任取ってもらうぞオイ？ 口直しに、なんか食わせろ」

「……ひっ」沙智子はおもわず後ずさった。「すいません……あの、すいません」

言いながら、たまらず小走りに駆け出した。美姫のもとへ、一目散に。

「……もう！ なんで美姫ちゃん」

飛び込みざま、美姫の腕をとる。

ボヨヨン ボヨヨン
三つの風船が、頭上ではねた。

「すいません。なんか私、カヤの外になっちゃいましたね」

美姫は悪びれもせず微笑んだ。

「怖かった……。早く行こう」

沙智子は美姫の腕を引き、歩き出す。

「いいですけど、小宮さん」

「……え？」

「なんかついて来ちゃってますけど」

――ええ？

振り返ると――すぐ背後に、恐ろしいドヤ顔が迫っていた。

けっきょくその男は、有無を言わさずついて来てしまった。

いや、ついてくるというよりも、微妙に少し先を歩いていた。まるで二人を先導するかのように。

――いったい、なに……？

道玄坂を下り、路地を折れる。絶句したままの沙智子をよそに、美姫がいくつかの質問を男に投げかけた。

「この風船、どうしたんですか」

「ああ、それか。奪ってやったのよ。変なバイトの小娘が、俺を怪訝な目で見てきやがったからな」

「それで、巻き上げた風船を配って、さらに金品を巻き上げてた……？」

「人聞きが悪いな。金品じゃなくて、食いもんだよ。正当な物々交換だ」

男の名前は、治五郎というらしい。職業不明、コスプレイヤーでもない。

「普段は、何をしてるんですか」

「鍛錬だ」

「いやあの、お仕事とか」

「だから鍛錬だよ。それが仕事だ」

とりあえず、今は空腹であるらしい。それ以外は、よくわからない。

「いいんじゃないですか、小宮さん」やがて美姫が、適当な判断を下した。「とくに害は無さそうだし。イベント感覚で、気分も晴れるかもですよ?」

そうこうするうちに、いつものカフェに到着する。よく二人でお喋りに使う店だ。治五郎も何気なく足を止める。まるで自分の意志で来たかのように。

本当に、不気味な男だった。

「まて、茶店はつまらん。こっちの店にしろよ」

治五郎がふいに隣の雑居ビルを指さした。どうやら、韓国系の焼肉店のようだった。肉とニンニク二人前二九二九《ニクニク》円。おぞましい文言が、早口言葉のように羅列されている。

「ちょっとあの……か、か、」

——勘弁してください……。

おそいくる胸焼けに言葉が詰まる。そこへチリリン、と鈴の音がかぶる。

治五郎はすでに、そのドアを開けていた。

肉の脂と、煙草の煙。

充満する空気が、この上なく気持ち悪い。メニューを渡されても、注文したいものなど一つとしてない。

六名席。沙智子は美姫と向かい合って座り、治五郎は一席空けて斜め前に座った。

美姫も空腹だったようで、若干テンションが上がっているように見えた。

治五郎が手を振り上げ、店員を呼ぶ。のっそりと現れた太めの女性店員は、どうやら韓国人のようだった。

「姉ちゃん、俺はアレくれ」治五郎はメニューも見ずに言う。「あれ、ビーフストロングノッフ」

眉をひそめた。

——ノッフ……？

美姫も怪訝な顔をこちらに向けるが、見ないようにした。

——ストロングノッフ……？

店員が腰に手を当てる。

「ないです、そんなものはないです」

「おう？　あっそう。じゃ似たやつ」

「サムギョプサルね。いい？」

「なに？　猿？」

「肉ですから。おいしい肉ですから」

「ほう。そいつは食ったことねえな」

治五郎は真顔でうなずき、店員も神妙にうなずき返した。

沙智子はおもわず吹き出していた。失笑というか、苦笑というか。一瞬のおとずれではあったが、久しぶりに笑ったような気がした。

美姫がチゲ鍋を頼み、沙智子はナムルを頼む。料理がきてからは、別々の時間が流れた。治五郎は肉に夢中になり、こちらに一切の関心を払わなくなった。

美姫がレンゲで鍋をつつきながら、遠慮がちにつぶやく。

「――で、どんな感じなんですか」

「うん、まあ……」

沙智子は一瞬ためらい、苦笑を浮かべてうつむいた。

美姫は本当に、優しい子だった。おそらくは自分との会話を、まどろっこしく思っているはずだ。けれどもそんな素振りは、おくびにも出さない。

沙智子は、言葉のキャッチボールに時間がかかる。つい、言葉を選んでしまう。必要以上に、整えてしまう。

小宮さんって、大人ですよね。美姫はよくそう言うが、実際は逆だ。子供なのだ。ただただ、臆病なだけ。

そして、話す内容はひたすら和明のことに終始する。これまでのいきさつ。付き合い始めてから半年間の出来事。同じ内容の繰り返し。

沙智子はそういう会話しかできない。できないくせに、止まらなくなる。聞いてくれる人間が、他にいない。

だから美姫には、感謝している。美姫だけが、何も言わずに黙って聞いてくれる。

「――なんだけどね。そのときはまだぜんぜん良くて……カズくんもね」

「ですよねえ」

そしていつも、話しながら思い出す。とても良かったときのことを。

街を彩るイルミネーション。煌びやかなライティング。歩いているときの、和明の横顔。

夜景の見えるホテル。美味しい赤ワイン。二人で寄り添って、流れ星を探した。

けれども――

「――なんですかね。あれじゃないですか？　倦怠期とか」

「うん。かもしれないんだけど……」

付き合って三ヶ月目あたりから、ただ楽しかっただけの日々に変化が起こり始めた。和明が変わったというわけではない。知らなかった内面が、少しずつ表に出てきたというだけのことなのだろう。

和明は、沙智子を束縛し始めた。まずは職場での飲み会――それはよくある歓迎会や送別会のたぐいだが、そういう集まりへの参加が禁じられた。次に、学生時代からの友達と会うことや、たとえば美姫とのちょっとしたショッピングなども、その一切が禁じられるようになった。

理由は単純だった。自分以外の男の存在を、わずかでも感じたくない。とにかく、集まりに男がいることが許せない。街へ出てナンパされる可能性があることが許せない。友達と会って男の話をすること自体が許せない。

普段は優しい和明が、その話になると豹変したように顔つきが変わった。

ふざけんなよ。俺と友達と、どっちが大事なんだよ。そんな奴ら縁切れよ。

だったら会社なんて辞めろよ。飲み会を強要する時点でもうパワハラだろ。

沙智子には理解できなかった。言われた当初は、恐怖すら感じた。

「――でもそれって裏を返せば、すごく愛されてるってことですよね」

「……うん。だよね」

もちろん、そう思うことにした。そうして会社では徐々に孤立し、親しかった友人からも連絡が途絶えるようになった。

「――けどね、カズくんは」

沙智子にそれだけの束縛を強いながらも、自分自身は勝手気ままに振る舞っていた。職場の重要な懇親会だと言いながら、よくよく聞けば合コンとしか思えないような集まりに参加していた。友達の相談に乗ると言いながら、どうやら元カノやその友達とも会っているようだった。誰かを通して聞いたわけではない。本人の口から、悪びれもせずポロポロと、時間差で真相が漏れ出てくる。

どういう神経をしているのか、わからなかった。悪意があるようには見えないのだが、とはいえまともな感覚とは思えない。悩めば悩むだけ、気持ちは塞がった。やがて食欲がなくなり、眠れなくなった。会社で気を失ったことをきっかけに、病院へ行った。

どうやら沙智子は、精神を病みつつあるようだった。そのことだけはまだ、美姫にさえも言っていない。

「――このままではいけない、て思って……。こないだ、いろいろと気持ちを打ち明けてみたの」

「そしたら、連絡がこなくなったんですか……？」

だって、私は会社も友達も誘いはぜんぶ断ってるんだよ……
当たり前だろやましいんだから、俺はちがう
やましくないよ、私はカズくんだけで
口ではなんとでも言えるけど、実際そこに男がいたらどうなるか
カズくんはどうなの、いつも知らない女の人がいる場所に……
だから俺は平気だよ、決まってるだろ
なんで自分だけが特別なの……
ああもう、平気だって言ってるだろ、信じられないのかよ
もちろん信じてるけど、だったら私も信じてほしくて
ああ！　うるせえなあマジで

「――それから四日も？」

「うん。メールしても、電話しても」

連絡が、とれなくなった。明日は土曜で、久しぶりに泊まりで出かける約束もして

いた。なのに、いっさいの音沙汰がない。

最後に聞いた声が、いつまでも脳裏にこだまする。怒声に近い、とがった声音。

――いい加減、うんざりなんだよ
――ムカつくんだよ、もう喋るな
しばらく、沈黙がおとずれた。乾き始めたナムルを、意味もなく箸で裏返す。

「――大丈夫ですよ。二人とも純粋だからぶつかっちゃったんですよね」

美姫がつとめて明るい声を出した。それでも、沙智子に続く言葉はない。

「しばらくしたら、寂しくなって連絡くるんじゃないですか。……ね」

ガタリ、とテーブルが揺れた。顔を上げると、治五郎が立っていた。

「――行くぞ。食い終わった」

ナプキンで口をぬぐい、叩きつけるようにテーブルの中央へと投げ捨てた。その顔が、やけに満足そうに歪んだ。

「さすが猿の肉だ。うまかった！」

唐突に話が中断されたまま、三人は店の外へと出た。

沙智子はけっきょく、ほとんど何も口にしていなかった。

ボヨヨン　ボヨヨン

頭上で、風船が揺れている。

「いつまでそんなもん持ってんだよ」

治五郎が、呆れたようにつぶやいた。沙智子の手から風船の紐をひったくり、投げるように放る。

ヘリウムの詰まった色とりどりの球体が、いっせいに宙へと散った。すっかり暗くなった夜空へ、ゆらゆらと吸い込まれていく。

ボヨヨン　ボヨヨン
沙智子はそれをぼんやりと見上げる。たしかにずっと邪魔ではあったが、手放すともったいない気もした。

「ったくお前も……、いろいろと膨らませてやがるよなあオイ」

「……え？」

治五郎が面倒くさそうに沙智子を眺め回した。

「いいだろう、お供してやるよ」

――おとも……？

「しばらく世話になってやるよ」治五郎が大仰にため息をついた。「しょうがねえな……ったく」

美姫が目を丸くする。

沙智子の体は、硬直していた。

「……何を、言ってるんですか？」

宵闇の中に、沈黙がただよう。

有無を言わせぬ気配をまとって、治五郎はすでに歩き出していた。

3

「――おい！　カニがあるぞ！」

治五郎がキッチンの冷蔵庫を開け放ち、嬉々として叫んだ。

「……は、はい……」

沙智子は反射的にうなずきながら、ふと我に返った。

気がつけば――治五郎が自分の部屋にいる。入るなり勝手に冷蔵庫を開けている。

美姫は――さっさと帰ってしまった。

「ズワイガニか。豪勢だなオイ？」

「……いや、田舎から送ってきて」

こんなこと、あっていいのだろうか。すっかり、妙なペースに巻き込まれている。

「どこだよ、田舎は」

「……あ、宮城ですけど」

「どこだよ」

「いや……だから、宮城ですけど」

うつろに答えながらも、今後の可能性について頭を巡らせようと試みる。治五郎はいったいどうするつもりなのだろう——自分は、どうすれば。

沙智子は振り返って部屋を一瞥した。テレビとテーブルとソファベッドがあるメインの部屋と、そのとなりの雑多な物置部屋。

一昨年、前の彼氏と同棲するつもりで借りた、二Kの部屋だった。二人で住むために、ゆとりのある部屋を選んだ。けれども契約してすぐに、相手から一方的にフラれた。それ以来、誰も部屋へ上げたことはない。心のどこかで気が引けてしまい、周囲には「姉と住んでいる」と嘘をついてきた。和明でさえ、入れたことはなかった。

——なのに……どうしよう。

「これ、すぐ食えるのかよ」

治五郎がカニを指さして振り返った。

「……え？」

「今すぐ食えるのかって！　どんくせえな」

「……たぶん、ボイル済みかと。でもさっき、食べたばかりじゃ」

「何言ってんだよサチ公。ホントどんくせえな」

――なんで……？

治五郎はすでに、冷蔵庫からカニをまるごと引き抜いていた。

どうしたらいいのだろう。見知らぬ男が、この部屋にいる。

「おい、ポン酢はどこだよ」

「……あ、私が……用意します」

「みりんもな。知ってるか三杯酢？」

「……あ、はあ」

とはいえ――。

なぜだろう、この雰囲気。警戒心がまるで湧いてこない。本来ならば内心、恐怖が渦巻いたり、和明に対する罪悪感で満たされるはずなのに。

「見かけによらず、汚い部屋だな。片付けろよ、テーブル」

「……す、すいません」

汚いわけじゃない。物が多いだけだ。

「もっとでかい皿をよこせ！　お前はカニを侮辱する気か！」

独り暮らしだから、これが精一杯だ。

「カラ入れなんていらねえから、タバスコ持ってこい！」

——タバスコ……？

カニに合わないし。というより、着物に合わないし。

「ばかやろう、早く座れ。食うぞ！」

そうして沙智子と治五郎は、向かい合って鎮座した。

すぐに、治五郎がカニにかぶりつく。節足を無造作に叩き割り、歯で甲羅を嚙み砕き、一心不乱にしゃぶり始めた。

「おいサチ公！　なんだよこれは！」

治五郎が雄叫びを上げる。びくり、と沙智子は身を打った。

「……ど、どうしました？」

「べらぼうにうめえぞ！」

「……は、はい……」

治五郎の歯の動きが加速する。バキバキと甲羅の砕ける音。カラが次々とテーブルに放り出されていく。

「……あの、じ、治五郎さん」

「なんだ」

沙智子はその様子に眉を歪めながら、かろうじて声をしぼり出した。

「……あの、ち、血が」

「ああ？」

治五郎が、顔を上げる。唇から、よだれのように血がしたたっていた。固くとがった甲羅によって、口のあちこちが切れているのだ。

――気づいて……ないのですか？

「タバスコが足りねえ！」

治五郎は怖ろしい考えを口にし、タバスコを振り上げた。そして、マラカスのように踊らせた。

「――くそ！　うめえ！　口の中で暴れやがる！」

――カニはそういう食べ物じゃ……。

「ほら、お前も食えよ。遠慮するな」

遠慮などしていない。できればそちらこそ、もう少し遠慮してほしい。

「なにしてる。どんくせえな！」

沙智子はおそるおそるカニに手を伸ばした。その瞬間、赤い液体が――びゅうびゅうと手元に降り注いだ。

――うっ
鋭い酸味と辛味が、鼻を刺す。

「覚悟しろ。死ぬほどうめえぞ」

死にたくはない。

でも——どうしてだろう。意外に、気分は悪くない。むしろ意に反して、妙な高揚をおぼえはじめていた。

豪快というのか、屈託がないというのか、自由奔放というのか。沙智子はカニと治五郎を眺めながら、ふと——思い至った。

真理子に、似ている——。だから、警戒心をもたないのだ。

沙智子は、宮城で生まれ育った。仙台から少し離れてはいるが、カニの隠れた産地と言われる、豊かな街。何不自由のない家庭で、何不自由なく暮らしてきた。けれども、自分には何かが足りないという自覚が、常にあった。それは沙智子のそばに、いつも真理子がいたからだった。

「今度さっちゃんに何かしたら、先生じゃなくて親に言いつけてやるから」

いじめられている自覚はなかったが、気づけば真理子が駆けつけてきて、勝手に男子を蹴散らしていた。その後でいつも言いきかされてきた。

「ぼさっとしてたら、やられるだけだよ。もっとしっかりしないとさあ」

真理子は気が強かった。典型的な姉御肌で、女子も男子も一目置いていた。そういう女の子が、なぜ自分を気にかけてくれるのか判らなかった。

真理子は沙智子に言う。

「本当は見たくないし、見てられないんだけど、ついつい見ちゃうよね。なんかさっちゃんって、ホラー映画に似てるよね」

そう言われても、よく判らなかった。

大学への入学を機に、二人はそろって宮城を離れた。沙智子は東京へ、真理子は埼玉へ。東京のそれなりの短大に進学できた沙智子に対し、真理子はなぜか「ミーハーだ」と嘆いた。

「大丈夫なのさっちゃん？　東京はヤバイよ？　オシャレなだけじゃないんだからね？死ぬかもよ？」

それからかれこれ一〇年間。たまに会えば色恋の話をし、職場での愚痴をこぼした。話のほとんどは沙智子の近況に終始した。

そういえば真理子は、いつも聞き役だった。毎回、真理子にたしなめられた。沙智子の不毛な恋愛話に顔をしかめられ、上司や同僚にいいように使われる日常を叱咤された。

そんなんじゃダメだ。

そんなんじゃダメだ。

そんなんじゃダメだ。

要約すれば、そのひと言に尽きる。

こんなんじゃダメだろうな、とは思っている。けれども、毅然としている真理子のようには逆立ちしても振る舞えないし、そもそも何が嫌で何が好きなのかも、自分の中では判然としない。

自分がどうしたいのか、どうすればいいのか。何に一生懸命になればいいのか。これまで判ったためしなどない。

学生時代には音楽が好きで、フルートが唯一の趣味だったが、それもいつしかやめてしまった。どうせ自分が続けたところで、何がどうなるわけでもない。そう思うことで、何かに打ち込むことからずっと逃げてきた。

真理子はいつも言う。自信を持て、と――。

その意味は、わかる。けれども――どうすればいいのか。自分の見た目からして、自信がない。

重たくて堅い、昭和を思わせる黒髪。眠たそうではっきりしない奥二重。瘦せすぎでつまらない体。陰気で辛気くさい雰囲気。

沙智子は昔から、真理子の容姿に憧れている。

ふわふわと軽くて明るい髪、くっきりとした二重まぶた、アスリートのようにメリハリのある肉体、怖いものなしの勝気な雰囲気。

そんな真理子から何を諭されようと、よけいに落ち込むいっぽうだった。

自信なんて、どうやって持てばいいというのだろう。

――いつかは、持てるのだろうか。


「――無理だ！」

治五郎が、叫んだ。

「無理だ、もう食えねえ！」

治五郎は立ち上がりながら、濡れた手をブンブンと振り回す。そのしぶきが、沙智子に降りかかる。

「残りはサチ公、食っていいぞ」

沙智子は、我に返った。ゆっくりと、皿に視線を落とす。

「……すごいですね。全部食べちゃうなんて」

「まだ一番うまいところが残ってるだろ。若干」

そこには、カニみその滲んだ胴のカラが、静かに横たわっていた。

沙智子は苦笑しながら、ティッシュを手にとる。それで、顔のあちこちをぬぐった。

「口がかゆい！　お湯を浴びたい」

治五郎が唇を指でひっかいている。新たなしぶきが飛び散る。ティッシュに、赤い色が混じった。見上げると、口から血を滴らせた鬼がそこにいた。

——ひっ
仁王立ちでこちらを見下ろしている。

「お湯！　借りるぞ」

「……お湯？　……シャワーですか」

「横文字でかっこつけるんじゃねえ」

治五郎は部屋を出て、キッチン脇にあるユニットバスのドアを開けた。沙智子の心臓が、ふいに跳ねる。治五郎が目まぐるしい速さで、着物を体から解いていった。

「……ちょっと、あの……」

「だめだ。一緒に入る趣味はねえ」

「……な」

——そうじゃなくて……！

沙智子があわてて顔を背けるのと同時に、ドアが勢いよく閉じられた。

——ふう……。

沙智子はテーブルに手をつき、中腰のまま、息を吐いた。

胸が、脈を打っている。展開が早くて、ついていけない。これからどうすれば。

ドアの外で脱ぎ捨てられた着物を見る。そのままでいいのだろうか。たたんでおくべきだろうか。いやその前に、テーブルの上を片付けなければ。カラが派手に散乱している。まるでそれ自体がゴミ捨て場のよう。どこから手をつければいいのだろう。

沙智子は動転し、再び腰をおろした。きょろきょろと視線だけが泳ぐ。

苦手だった。経験したことのない状況。あれもこれも、いっぺんには考えられない。

気を落ち着けようと、瞼を閉じた。

そこで、ビクリと身を打つ。ブウン、とテーブルが震えていた。

スマホの――着信だった。

「……カズくん？」

おもわず声が漏れる。テーブルの隅からスマホをひったくり、指を走らせた。

「もしもし……！」

沙智子は喉が震えないよう、唾液を飲み込む。声が、聞こえない。

「……カズくん？」

はあ……と、ため息のようなノイズが、耳をかすめた。

『ごめん、さっちゃん』

弱々しい、和明の声。

『連絡しようと思ってたんだけど、ちょっと気が引けちゃってて』

「……あ、うん」

『オレとさっちゃん、このままでいいのかなって。変に悩んじゃって。少し距離を置いたほうがいいのかもしれないな、て』

――距離……？　やっぱり……。

立て続けに、和明の声が鼓膜を打つ。

『でもね、気づいたんだよ。やっぱりオレ、さっちゃんが大好きだから。離れるなんてできないから』

「……え……うん、うん」

沙智子の全身が、どくどくと震える。良からぬ言葉を恐れていたぶん、安堵と喜びが肌をあわ立たせる。

『だからさ、今すぐ会えないかな』

「……うん。――え、今から？」

『ごめんさっちゃん、明日から泊まりで出かける約束だったけど、無理になっちゃって。だから今、とにかく会いたくて』

「……」

ほとんど言葉を発しないまま、展開だけが進んでいく。

出かける約束は無理――でも、元々それはあきらめていた。

それよりも――

顔がきょろきょろと往復する。テーブルの上と、風呂場のドア。どうしていいかわからなかったが――

「私も、会いたい……」

いそいで、二の句をついだ。

『うん。――お腹すいてるよね？　すぐに迎えに行くから、下で待ってて。何かおいしいもの、食べにいこうね』

「……うん。ありがとう……！」

通話がふいに切れる。

空腹ではないし、食欲もなかったが、そんなことは関係がなかった。沙智子はあまりの嬉しさに立ち上がり、急いでテーブルを片付け始めた。


「……あの、ちょっと……」

沙智子はユニットバスのドアに寄り添い、中の気配をうかがった。シャワーの音は、まだ続いている。テーブルは片付けた。早く、行かなければ。

「……あの、ちょっといいですか！」

ドア越しに声を上げると、治五郎が吐き捨てるように叫んだ。

「だからそんな趣味はねえって！」

――ちがいます……！

「あの、ちょっと出かけたいんですけど、いいですか？」

「――ああ？　好きにしろよ」

「でも治五郎さん……、このあとは」

「寝る！　布団を用意しといてくれ」

「……ええ？」

沙智子は半ば絶叫し、目を見開いた。

しばし硬直したのち、壁の時計を見上げる。もうすでに、二〇分が経過している。考えている余裕はなかった。

急いで物置部屋のほうを整理しはじめる。ここに座布団を敷き、毛布を置いておけば、なんとか別々の部屋で眠ることはできる。

沙智子はどたばたと動き回り、とりあえず寝られる状況に部屋を整えた。

ふと、重要なことを思い出す。

小物入れの引き出しからアクセサリーを取り出し、あわてて腕にはめた。和明から先月プレゼントされた、クロムハーツのシルバーブレスレット。これを忘れると、きっと機嫌を損ねてしまう。

——思い出してよかった……。

じつは沙智子は重度の金属アレルギーで、シルバーに対してすら拒絶反応を起こす。そのことは付き合った当初に何度か話していたが、和明はそれをいっさい覚えておらず、満面の笑みでプレゼントしてきた。沙智子はもちろん、咎めるよりも嬉しさのほうが先に立った。それ以来、会うときだけは必ず身につけるようにしている。

「……あの、もう出ますんで！」

壁時計を見ながら、ドアに駆け寄って声を張る。

「寝るなら、さっきとは別の、となりの部屋でお願いします。座布団と毛布が……」

「わかったよ！　慌ただしいなオイ」

「それじゃ、すいません」

鍵はかけていきますから——そう言おうとした瞬間、ドアがぐい、と開いた。薄い隙間に、治五郎の目がのぞく。

——ひっ

うろたえた沙智子の耳に、低い声がとどいた。

「——気をつけろよ」

「……え？　あ、はい……」

——気をつけろ？

沙智子が表情を変える間もなく、ドアは閉じられた。と同時に、ふたたび開く。

「それ、取ってくれ」

「……？」

治五郎がドアの隙間から腕を突き出し、床を指す。

「早く取ってくれ。どんくせえな」

沙智子は視線をかたむけた。

――着物を……？

言われるがまま、布の塊をドアの隙間にねじこむ。中で着替えたい、のだろうか。

自分はもう部屋を出るというのに？

――意外に、シャイなのかも……。

沙智子はほくそ笑みながらも、急いで部屋を後にした。

エレベーターを降り、慌ててマンションの外へと飛び出す。すでに和明の車があると思い込んでいたが、それは杞憂だった。

幸いにも――和明の車が到着したのは、それからおよそ二〇分もの時間が経過してからだった。

「――ごめん、早く来すぎた？」

車の窓の内側で、和明が笑う。

その顔を見たとたん、沙智子の内心のうずきはきれいに吹き飛び、おもわず満面の笑みがもれた。

和明の、いつもの明るい表情。栗色の前髪からのぞく可愛らしい瞳が、やわらかな弧を描いている。

「……カズくん」

「はやく乗りなよ」

和明が運転席から身を乗り出し、助手席のドアを開ける。たまらない幸福感に包まれながら、沙智子は車へと乗り込んだ。和明の顔を、至近距離で見つめる。

「あれ？　さっちゃん」

和明の顔が、ふいに曇った。

「化粧が落ちてるっていうか、なんかやばくね？　久々に会ったたってのに」

──え……？

沙智子の顔から、音を立てて血の気が引いていく。軽めだが、化粧直しはしていた。

「……ま、いっか。夜だし。誰も来ないような店に行けばいい」

「……え、うん……」

和明はふたたび笑顔にもどり、キーを回した。車がすべるように動き出す。

けれども沙智子の体は固まったまま、しばらく動けずにいた。

車は、見知らぬ街を走っていた。

途切れ途切れ、他愛もない会話が交わされる。そのあいだ和明は、絶えず沙智子の頭や首をなでていた。まるで固まった体を癒やしてくれているように、沙智子には感じられた。

「――ここでいいかな」

車が、ファミレスのパーキングへとすべりこむ。スペースは広々と空いていたが、和明はわざわざ連なった二台のあいだへと、車をねじ込ませた。

タイヤが派手に軋む音――あいかわらず、じつに見事な縦列駐車だった。

和明はステーキを、沙智子はパスタを注文した。

お互いに何かを言おうとするが、言葉が出てこない。いざ明るい場所で面と向かうと、どんな会話をすればいいのかわからなくなった。

それは、和明の表情にも原因がある。あきらかに、不機嫌だった。相当、空腹なのだろうか。あるいは――沙智子の顔の見栄えに、不満を感じているのだろうか。

沙智子は口をつぐんだまま、下を向いていた。

いずれにしても——嫌な予感がしていた。

「——お待たせ、いたしました」

年配のウェイトレスが、料理を運んできた。見るからに新人で、表情に余裕がなく、皿を持つ手がぎこちない。そういえば先ほども、水を置くときに少しこぼしていた。

沙智子は失笑をおさえて、微笑ましいよね、という意味で和明に笑顔をむける。

——え……。

そのときの、和明の表情。いつもとは、まるで違って見えた。目がつり上がり、口はゆがめられ、ほうれい線が深く浮き出ている。

和明がうんざりとため息をついた。

「言ったよねえ？　和風ソースって。どう間違えたらバーベキューになるの！　勘弁してよ。意味わかんねえんだけど」

年配のウェイトレスが、体を硬直させる。置いた皿をふたたび持ち上げ、何度も頭を下げてあやまる。

——まただ……。

和明は、慌てて去って行くウェイトレスの背を憎々しげに目で追っている。

沙智子は、その様子を見ないように、黙ってうつむいた。

ステーキソースが、間違っていた。けれどもソースはポットに入っていたから、それを取り替えて貰えば済む話だった。べつに咎めるほどのことでもない。

沙智子はしばらくのあいだ、スマホに目を落として沈黙をやり過ごす。

無事に料理が並び、食べ始めてからは、和明の顔にもやわらかさがもどりはじめた。

けれども、ボソボソと聞こえてくるそのつぶやきに、沙智子はさらにゾッとする。

「あんなのを雇う気がしれねえよな。ああいうババアは世間に顔を出しちゃダメでしょうが」

和明は肉を噛みながら、つまらなそうになおもつぶやく。

「家に閉じ込めとくかさ、それかゴミ処理場とかでひっそりと、缶とか瓶の分別でもやらせときゃいいんだよ」

沙智子の唖然とした顔を見て、いたずらっ子のように笑う。

「ごめんごめん、そりゃダメか。自分が分別されちゃうもんな」

和明は、自分のことを——本当はどう思っているんだろう。

沙智子は二人分の会計を済ませながら、和明の横顔を一瞥した。

束縛されるのが嫌なわけじゃない。和明はヤキモチ焼きで、それはつまり自分を大事にしてくれている証拠だ。けれども、ふいにわからなくなる。普段は優しくても、ときに怖ろしいことを言い、恐ろしい顔をする。自分と一緒にいても、まるでいないかのように無視されることがある。最近はしょっちゅう、その状態がおとずれる。

和明は自分のことを、どう思っているのか。

「どうしたの、さっちゃん」

ファミレスを出たところで、和明がささやいた。後ろから肩を抱かれる。

「……うん」

駐車場に、人の気配はなかった。車と車の間に、身を滑り込ませる。

沙智子は立ち止まって振り返り、口を開いた。

「……さっき電話で、カズくん言ったよね」

「んん？」

たぶん——ちゃんと、言わないといけない。

親友の真理子を思い浮かべながら、沙智子は意を決した。

「……私たち、このままでいいのかなって。距離を置いたほうがいいかもって、そう言ってたよね」

「ああ、気にしないで。今はもう、そんなこと考えてないから」

「……でも、私もじつは考えてたの。そういうことを」

「ふーん」

沙智子がおそるおそる顔を上げると、和明は面倒そうに車によりかかった。

「……カズくん、私のこと、どう思ってるのかな、て。わからなくなって」

「大好きだよ。さっちゃん、わかってるでしょ」

間髪入れずに和明が微笑む。ふわりとした、笑顔。その無邪気な微笑みに目を奪われるが、かろうじて視線を下へと逃がした。

「……でも本当は、どう思ってるの」

「好きだって。何度も言ってるじゃん」

「……いや、でもずっと連絡なかったし、明日の約束だって楽しみだったから」

「だって急に仕事入っちゃったから。それはしょうがないでしょ」

「……仕事って……本当なの？」

「は？　どういうこと」

和明が、ゆらりと動く。沙智子はその足下を見つめながら、細い声でこたえた。

「……だって、前から計画してたことなのに、急に仕事って」

「嘘ついてるって言いたいの？」

「……そうじゃないけど」

「だったらなに」

和明がゆっくりと詰め寄る。沙智子は後ずさりながら、思い切って顔を上げた。

「……だから、私のこと……どう思ってるのかなって――」

どんっ
沙智子は、突然の衝撃に語尾をなくした。
肩を、突き飛ばされたようだった。後頭部が、背後の壁にぶつかっている。
しつけえよ
なんどいわせんだよ
和明が何かをまくしたてている。その声が、うまく頭に入ってこない。
体が痺れている。その感触が、判断力を失わせている。和明はなおも叫び続けている。暴力をふるったという自覚が――ないように見えた。
けれども、次は殴られる。そう確信し、沙智子の頭は恐怖で真っ白になった。
そのおびえた表情が、しゃくにさわったのかもしれない。突然、首に圧力が加わった。和明の両の手が、沙智子の首をつかんでいた。
なんだよ！　何がいけねえんだよテメエよ！
ギリギリと、首が絞まる。手首をつかんで抵抗するが、その力は解かれるどころか余計に強さを増す。
ごめんなさい
ごめんなさい
気づけば、唇がパクパクと動いていた。視界が霞んでいく。

白目をむいているかもしれない。
虚脱していく。恐怖すら、薄らいでいく。
ふわり――と浮遊感を感じた。ふいに感覚がもどり、かろうじて足を踏ん張る。
いつのまにか、首が解放されていた。
視界に色が宿り、和明に焦点が合う。
「ごめん、こっちこそごめん……言い過ぎたよ」
その顔には、唐突に穏やかさが戻っていた。
「わかってくれればいいんだよ。大好きだから。ね、さっちゃん」
ね、さっちゃん　大好きだから
わかってくれれば
――ね、さっちゃん。

それから、どういう時間が過ぎたのか、沙智子には思い出せない。二人は、見知らぬ街の、見知らぬホテルにいた。

いつもなら、どんなに嫌な感じになっても、体が重なった瞬間にすべてが吹き飛んだ。気持ちが、満たされた。

けれども――今回は少しちがう。気持ちはたしかに満たされている。けれどもそれは幸福感ではない。充足感でもない。

正体のわからない何かで満たされ――それは今にも弾けそうなほどに、張り詰めていた。

4

うっすらと明るくなり始めた空が、霧で煙ってくすんで見える。深夜に雨が降ったのかもしれない。

こんな時でも、和明の車を見えなくなるまで見送ってしまう。沙智子は陰鬱な湿気をまといながら、普段通りアパートの廊下を歩き、自分の部屋のドアを開けた。

――ふう……。

部屋の中まで、湿気くさい。

灯りをつける気力もなく、暗がりの中で靴を脱いだ。ジャケットを脱ぎ、バッグとともに床へ放り投げる。

脱力した。体を、心を休めたい。幸い、今日も明日も休みだ。

沙智子は部屋の引き戸を開け、ソファベッドにもたれかかろうと――

「……ひっ」

反射的に、飛び退いた。

ベッドに布団がのっており、その端から化け猫のような白髪がのぞいている。それが床に垂れて、のたうっている。

――そうだった……。

沙智子は思いだし、後ずさった。この部屋には――異形の男が巣くっている。治五郎。無理やり押しかけてきて、郷里のカニを食べ尽くし、勝手にシャワーを浴び、こうして眠っている男。

それにしても――

「なんで……こっちの部屋なの」

おもわずつぶやいた。

寝るならとなりの部屋でと、あれほど言ったのに。よくよく見れば、ソファベッドを倒し、布団を敷き、完璧なベッドメイクをほどこしている。

沙智子はよろよろととなりの部屋へ移動した。引き戸を開ける。座布団と、毛布。なぜかこちらも、寝られるようにメイクされている。

ふっ……と、微笑みがもれた。

それも束の間、今度は窓に視線が止まり、唖然とする。カーテンレールに、着物がかけられていた。忍び寄って触ってみると、布地がぐっしょりと濡れている。

――あのとき。

ドアの隙間から着物を渡したのは、シャワーで洗うためだったのか。

沙智子は続いて気づく。カーテンまでもが濡れそぼり、床のフローリングに水たまりができている。湿気くささの正体に合点がいき、沙智子はふたたび力なく笑った。

毛布の上に、へたりこむ。

なんという図々しさだろう。部屋の主の意向を無視して、あろうことか女性の寝具に潜り込む。さらには、主を追いやった部屋さえも、水浸しの罠を張っている。聞こえてくるのは、高イビキ。考えられることではなかった。

――でも、これでよかったのかも。

沙智子は寝転び、物置部屋を見渡した。

壁際を埋め尽くす、三脚のパイプハンガー。そこにかかった大量の服を眺める。治五郎がこれを見たら、きっとこう言うだろう。まるで、真理子のように。

全部同じ服じゃねえか。黒とかグレーとか茶色とか。布地もシャキッとしねえし。とことん辛気くせえなあオイ。

その様子が目に浮かぶようで、沙智子はおもわず苦笑した。真理子と買い物に出ていた頃は、そういう物言いにいつもこう答えていた。

「だって、つい目がいっちゃうんだもん。好きなんだよね、こういうの」

「でも同じじゃん。もうすでに持ってるのに、また買うの？」

「同じじゃないよ。微妙に違うし」

「ほかにもいいのが沢山あるのに！」

真理子の呆れたような笑顔。けれどもその言葉には、いつも真剣さが宿っていた。

ちゅん、とスズメが鳴く。窓の外に立ち寄って、すぐまた飛び去ったようだった。

沙智子は、毛布に顔をうずめる。

——真理子に、会いたい。

トントントントン
遠くで、軽やかな音がする。
トントントントン
何かを叩く——懐かしい音。
沙智子は、薄目をあけた。窓から差し込む日光に、手をかざす。そのまま、壁時計を見やった。いつ眠ったのだろう。もう昼になろうとしていた。
立ち上がり、引き戸を開ける。
トントントントン
音のする方向——キッチンの流しの前に、男が背を向けて立っていた。見慣れた灰色のスウェット。それが、ピチピチに引き伸ばされて、直立している。

――私のパジャマ……！

治五郎が、こちらを振り返った。ぼさぼさの白髪が、冷蔵庫のドアを打って跳ねた。

「やっとお目覚めかよ。あと五分で、蹴り起こすところだった」

――蹴り起こす……？

「ほら、早く手伝え」

沙智子は立ち尽くしたまま、言った。

「あの……何を」

「見てわかるだろ。俺が野菜を切る。お前は味をつけろ」

「……え？」

トントントントン
まな板を叩く音。リズミカルな、包丁さばき。

近づいた沙智子は、目を疑った。

治五郎は右手に万能包丁を、左手にフルーツナイフを持ち、交互にそれをふるっていた。まるで、おもちゃの鼓笛隊のように。跳ね回るナス、ニンジン、ピーマン。

「あの……何を」

「だから、俺が野菜を切る。お前は味をつけろ」

「でも……ちゃんと切れてな――」

「サチ公よ」凜とした声。「いいからまず、その汚い手を洗え」

「……は、はい」

沙智子はそそくさと蛇口をひねる。

そこで、気がついた。シルバーのブレスレット――昨夜はあまりにも疲れていたせいで、外すのをすっかり忘れていた。おそるおそる、手首から引き抜く。

「サチ公よ」

治五郎が眉をしかめる。視線が、手首にそそがれている。金属アレルギー。赤い斑点が帯状に広がり、ぐつぐつと煮え立っているように見えた。

「お前はバカヤロウか。そんなになるなら着けるなよ。捨てちまえ、今すぐ」

「……いや、これは大事なもので」

治五郎が、こちらを向く。

「――自分に害をなすものが、大事なはずないだろう！」

その顔が、ごく間近にあった。鋭い双眸が沙智子の瞳をとらえる。視線が、ふいに下へと移動する。

「まったく、お前――」呆れたような声。「男に首輪までつけられてるのかよ」

「……首輪？」

あわてて玄関脇に走り、鏡を見る。驚愕に、目を見開いた。

首の周りが、赤黒く変色している。慌ててさすると、染みるような痛みが走った。

かはは、と治五郎が笑う。

「だからお前、気をつけろって言っただろうが」

――！

「……あ」

「あじゃねえよ。どんくせえにもほどがある」

ガシャンッ
治五郎は包丁を流しに放り投げ、両手をスウェットにこすりつけた。

「どうでもいいや。――ほら、さっさと味をつけろ」

そうして治五郎は食事を終えるなり、さっさと部屋を出て行ってしまった。

どこへ行くとも、何をするとも教えられなかったが、夜に帰宅するということだけは告げられ、合い鍵を持ち去られた。

沙智子はようやく独りになり、ソファへと深くもたれかかる。そのまま、しばらく放心する。天井を向き、目をつむり、気を休めようと試みる。

ふいに、目眩がおそう。

独りになった途端、あたりの空気に、重い墨が混じりはじめた。眼球と脳のあいだに手が差し込まれ、ゆっくりと握られていくような感覚。思考も感情も何もかも、揉み潰されていくような怖ろしい予感。

沙智子は身を起こし、バッグから薬を取り出した。

誰かといるときには、かろうじて平静が保たれているだけ。それを再認識したとたん、いきなり心細さが部屋の隅々を覆いはじめた。

スマホを手に取る。和明のメールの履歴をたどる。強く、連打する。

過去へ、過去へ。

休日中は朦朧として過ごした。

治五郎は朝食と夕食とシャワーと睡眠のみを目的に、部屋に居座り続けているようだった。本来ならば考えられない——許されざる状況だったが、今の沙智子には逆に救いに思えてしまうのも事実だった。

「おい、タバスコがなくなったぞ」

「勝手に俺の寝間着を着るな」

「コンデショナとかいうのはヌルヌルして気持ち悪い。液体石けんをくれ」

得体の知れない発言の数々。

それは、沙智子の思考時間を完全に奪ってくれた。

「便器に書いてあるビデとはどういう意味だ。誰が名付けた」

「耳の中に虫がいるような気がする」

「いま、屁をこいただろ」

たった数日で、どん底だった沙智子の心身が、いくぶん軽くなったような気がした。治五郎がいるせいで、食欲がなくても強引に食事をさせられたし、夜はひどいイビキの音によって、思考が妨げられ逆に熟睡できた。

なにより、まるで親友の真理子がそばにいるようで、心強く思える。男女と言うよりは、兄や姉のような存在。二人はやはり――似ている。

けれども同時に、決定的に違うところにも気がついた。真理子は何かにつけ助けてくれるが、治五郎はいっさい、関与してこない。

そして、不可解に思うことが一点。

この男は、女性と一つ屋根の下で――何も感じないのだろうか。

「おいサチ公！　俺の腕のほくろから毛が生えてきてるぞ！　――どうする？」

沙智子は鏡を眺めながら、放心した。

――やっぱり私、女としての魅力がないのかもしれない。

沙智子は玄関先で、少しためらったあと、振り向いた。

「……あの、治五郎さん」

「なんだ」

灰色のスウェット姿が、ソファで横を向いたままこたえた。

「今日は仕事のあと、美姫ちゃんとご飯食べてくるんで、私のぶんは——切らないでいいですから」

なぜ、わざわざ報告をしなければならないのだろう。まるで——嫁だ。しかし、余分に食材を消費させるわけにもいかない。治五郎は放っておくと、なんでもかんでも切ってしまう。

「そんなに遅くはなりませんから」

ではいってきます、とほがらかに微笑んで、ドアを開けた。

「——まて、サチ公」

「はい……？」

「その晩飯、お供してやる」

「……え、いや」

「何時に行けばいい？　サチ公前に」

——ハチ公前ですけど……。

「……いやでも、美姫ちゃんがいるし」

「あいつはバカだからほっとけ」

「……いや、そんな」

かははは、と治五郎は笑い出した。どうやら、眼前のテレビに反応しているらしかった。

「……じゃあ、八時にハチ公前で」

言い出すと、聞かない。沙智子はもはや、ハチ公という固有名詞すら口にしたくはなかったが、しかたなくそう告げた。

「あ？　なんだって？」

かはははは。

「——八時に、ハチ公前で！」

沙智子は大声を振り絞り、ことさら力を込めてドアを閉めた。


「——で、けっきょく来ない、と」

美姫は腕を組んで、ハチ公にもたれかかった。

時刻は、午後八時三〇分。

「小宮さん、なんであんな変態とまだ一緒にいるんですか？　——まさか、カズくんから乗り換えたとか？」

「……そんなわけないじゃない。行く当てないみたいだから、しかたなく一時的に」

「要はホームレスですよね。大丈夫なんですか、密室で二人で」

「……え、ああ、ぜんぜん」

「関係的にどうなっちゃってるんですか。肉体的な関係的な部分とかは」

「あるわけないでしょ、美姫ちゃん」

沙智子が困り果てていると、美姫は飽き飽きしたように足を踏み出した。道玄坂方面へと歩く。

──何やってるんだろう、大丈夫かな。

沙智子は一瞬、治五郎の動向を気にしたが、それよりも美姫の歩みが速く、ついていくのに精一杯になった。

やがて、いつものカフェに着く。

「……まさか、ね」

美姫が、ふいに立ち止まった。その視線の先で、おなじみの姿が振り返る。

「──お前ら！　遅すぎるにもほどがある！」

例の焼肉屋の前で仁王立ちしている男。治五郎が、こちらに気づいて吠えた。

「治五郎さん……なんでここに」

沙智子があわてて語をつなぐ。

「猿を食いに行くっていうから、お供してやるって言ったんだろうが」

――でも自分で、ハチ公前って……。

「待たせやがって――ほら入るぞ！」

「――ちょっと待ってください、治五郎さん」美姫が、肩をすくめて失笑する。「私、ここより美味しい店知ってるんで、今日はそっちに行きませんか」

「なに？　猿より美味いだと？」

「フレンチは好きですか？」

「……むう」

治五郎は腕を組み、顔をしかめた。フレンチ――それが何なのかを、考えているようだった。

「いいですよね小宮さん。ここ正直まずいし、食べたいものなんてないでしょ？」

美姫の早口な耳打ちに、とりあえずはうなずいてみせる。

「決まりですね。さ、行きましょう」

東急ハンズの並びにある、小綺麗なフランス料理店。フルコースをリーズナブルな価格で提供するとあり、雑誌にも取り上げられるほどの人気店だった。

白を基調とした明るい店内。そこへずかずかと踏み込んでいく男。出迎えたレセプショニストが、さっそく対応に窮した。本来は、こういうあまりにも異質な客には、丁重にご退店いただくのが筋なのだろう。けれどもそれを躊躇しているうちに、治五郎は勝手に店内を移動し、窓際の四名席にどかりと腰をおろしてしまった。

その向かいに、美姫がそろりと座る。沙智子はおそるおそる、治五郎のとなりに着座した。

店内はそれなりに混んでいた。視線がいっせいに集中するのがわかるが、それはなぜか奇異な感じではなかった。治五郎は自然な面持ちで威風堂々としており、それが周囲に妙な勘違いをもたらしたのかもしれない。若い女を引き連れた、どこかの業界の名のある人物。こういう店だからこそ、そういう誤解もまかり通る可能性があった。

美姫はためらいなく、人数分のフルコースを注文した。

白く輝く異国の世界へと紛れ込んだ、一匹の野良侍。その一種幻想的な風景に目を奪われているうちに、ウェイターがさっそく料理を運んでくる。

オードブル。大皿の中央に、こぢんまりとした芸術がのっていた。色とりどりのテリーヌに、白身魚のカルパッチョ、その上にちりばめられたキャビア。

治五郎はテーブル全体を眺め渡した。ナイフとフォークが三セット、スープスプーンにゴブレット。にやりと笑って、鼻を鳴らす。

「……ふふ。知ってるぞ。テーブルのルールってやつだろ」

――テーブルのルール？

美姫が大げさに感心してみせた。

「さすがですね。知ってるんですか、テーブルマナー」

「当たり前だ。箸を使わずに、こいつらを使ってどうやって食べるか。頭脳戦、てやつだな」

治五郎はすでに勝ち誇った表情で、いきなりスープスプーンを手に取った。あろうことか、それでキャビアを一気にすくい上げ、口に放り込む。

「――ん？　なんだこりゃ」

治五郎は眉をひそめ、つぶやいた。

「食い物だよな。虫のフンじゃねえよな？」

美姫が沙智子を向く。

沙智子は店内に視線を逃がし、咳払いをしてやり過ごした。

治五郎は不満げに舌打ちをし、続いてオードブルナイフフォークを両手に取った。白身魚のカルパッチョを挟み込むようにして、高々とつまみ上げる。そのままブルブルと小刻みに震わせながら顔の上まで持っていき、口の中へと落下させた。

続くフィッシュナイフフォークで、残るテリーヌをぐちゃぐちゃと折りたたみ、口の中へと塗り込んでいく。

どうやら、料理一品ですべてのナイフフォークを使う、という過酷なルールに挑んでいるらしかった。

——それにしても、速い……！

沙智子は目を見張った。一分とたたず、皿は空になっている。料理はもうない。けれども治五郎の手には、最後のミートナイフフォークが握られている。

——どうする……おつもりですか。

沙智子が固唾をのんで見守っていると、治五郎はフォークの背を皿に押しつけはじめた。皿をかき混ぜるようにして、わずかに残ったソースをフォークに塗り、それをナイフのほうにも塗りつけた。舌を出し、それらをゆっくりとぬぐい取っていく。たまらない、といった表情で、ソースの風味を見事に堪能してみせた。

気づけば、美姫がその様子を写メで撮っている。小声で、沙智子に耳打ちした。

「私の大好きなサイトがあるんですけど、そこへ投稿しようかと思って。『渋谷の変質者図鑑』っていうサイトなんですけど」

料理が運ばれるたびに、治五郎は用意しなおされるナイフフォークをすべて使い切った。つねに一セットしか使うことができない沙智子と美姫に対し、治五郎は圧勝したかのようにそのつどドヤ顔をしめした。

美姫は早々にその光景に飽きたのか、治五郎を無視して会話をはじめた。

「――ということは小宮さん、疑ってるんですか」

「……いや……それがわからなくて」

「カズくんが浮気……してるって？」

美姫は声を潜め、顔を近づけてくる。金の棒ピアスが、耳たぶで揺れている。金属アレルギーの沙智子には、その可愛らしいピアスが羨ましくうつった。

「でも面と向かって疑ったせいで、また揉めちゃったわけでしょ？」

「……うん、そうなんだけど……」

先日の件に関しては、また揉めたということだけを伝えた。突き飛ばされただとか、ましてや首を絞められたなど、口が裂けても言えなかった。

「浮気するようには見えなかったけどなあ。なんかもっと、純粋そうな人だった気がしますけど」

美姫は何かを思い出すようにして、視線をさまよわせた。

美姫は、和明との出会いの場に居合わせている。

代官山の、パンケーキ店。和明はそこの店員で、沙智子は週に何度か通うほどの常連だった。たまたま美姫を誘った日に、店を出たところで和明と出くわした。ちょうど仕事あがりとのことで、そのまま三人で立ち話をした。一緒に駅へと歩き、方向の違う美姫と別れた後、和明とメアドを交換した。それがきっかけで、交際に発展した。

「私だって純粋だと思ってるよ、カズくんのことは。……でも」

「ていうか、あんまり疑ってかかるといいことないですよ。小宮さんだってもし一方的に疑われたら、相手のこと嫌になりません?」

純粋なのは美姫のほうだ、と思った。本当に、気の優しい子なのだ。美姫に恋人はいないらしいが、なぜなのか不思議でならない。

とはいえ――美姫は知らなかった。和明と面と向かったときの、あの雰囲気を。良いときは良いが、悪いときは恐怖をともなう。ときに無視され、存在しないかのように扱われる。一緒にいられる時間があっても、最近は無言であることが多い。心ここにあらず。和明の心は、どこへ行ってしまったのだろう。

美姫は、そうした雰囲気を知らない。知らせることもできない。

もはや、誰にも相談する術がない。

その事実に思い至り――沙智子はそれきり口をつぐんだ。

その日、沙智子は毛布にくるまったまま、久しぶりに夜を明かした。

新しく処方された薬のせいかもしれない。治五郎のイビキをもってしても、眠ることはできなかった。

和明からはメールがきていた。何度も、何度も。取りつくろったように、好きだ、会いたいという言葉が羅列されていた。

沙智子は逆に、不安に苛まれた。言葉のギャップに、恐怖を感じた。具合が悪い、とだけ伝えて、それ以上返信することができなかった。

――ふう……。

薬が、効いている。沙智子という孤独な虫を食べようと、不安と恐怖が――天井から、座布団から這い出てくる。覚醒と朦朧のあいだに巣食う、幻の感覚。

とはいえ、何の感情も湧いてこない。今の沙智子にとって、それはごく当たり前の日常のように感じられた。

ただ、頭の中には霧が満ちている。天井や、座布団からの浸食を、ただ悶々と受け入れる時間。動けなくなった自分が少しずつ食べられていく様子を、じっと体感している。

その残酷なさまを、遙か彼方から傍観している者がいる。

この陰湿な部屋とは違って、光り輝く世界にいる女性。顔はわからない。だが、どこか自分に似ている。もしもそれが――

——未来の私だったら……いいのに。

ふと、そう思う。

自分はいつか、変われるのだろうか。いい時が、やってくるのだろうか。

時間が——まるで止まっているように感じられる。自分の中の針は、いつからか動かないままだ。だから、何も変わらない。このままの状態で、いずれ死ぬ。

そんな幻想に揺さぶられていると、いつしか部屋が明るくなっている。


起き上がれなかった。

治五郎が食事について何かを言ってきたが、応えられない。全身に、力が入らない。

気づけば、キッチンからは気配が消えていた。治五郎はいつものように、どこかへと出かけていったのだろう。

それでも、体はまだ動かなかった。今日は出勤できないかもしれない。とうとう、生活に支障をきたすようになってしまった。

会社にどういう連絡をするか悩んでいるとき、手に持ったスマホが震えた。

沙智子の胸が、飛び跳ねる。

——うそ……。

着信は、親友の真理子からだった。

『――ひさしぶり、サチコ氏！　元気でやってんの？』

ばか明るい声が、沙智子の鼓膜を震わせる。その震えが、指先にまで伝達する。

「……うん、うん」

『明日の夜、ヒマ？』

「……え」

『仕事で渋谷なんだけど、終わってまで上司とご飯食べたくないからさ。そのあと久々に飲もうよ！』

「……うん、真理子」

『なに、どうしたのその声。キモい』

「……うん、うん」

声が、無意識のうちに震える。けれども、感情を封じる薬の効能によって、かろうじて涙はおしとどめられていた。

『ちょっとまさか、また変な男に？』

うん、大丈夫
『さっさと別れちゃいなよ。どうせろくでもないんでしょうに』

うん、そうだね

『まったく……、無理して変な男と付き合う必要、ないんだからね?』
うん、ごめん
『で、明日たぶん、夜の一〇時頃になるかも。次の日休みだからいいよね』
うん、ありがとう
『じゃあ明日ね。ハチ公前に一〇時。バイバイ!』
うん、うん……
ありがとう、真理子

通話を切り、その勢いで会社へ連絡を入れた。体調不良で欠勤を告げる。

朦朧は未だに沙智子を支配していたが、そこにやわらかな風が吹き込んでくる気配があった。

沙智子は目を閉じる。わずかに感情がうずき、口元が笑みをつくった。

真理子と会ったら、なんと言うだろう。いつものように話を聞いてくれるだろうが、まともに取り合ってはくれないかもしれない。

これまでの会話を思い出す。たとえば、以前の恋人との喧嘩を話したとき。

なんなのその男。私だったらそんな奴、大勢の前に連れ出してとんでもない恥をかかせてやるけどね。人格を完璧に否定してやって、ボロ屑のようにゴミ箱に捨ててやるけどね。何やってんのよサチコ氏。

たとえば、会社での仕事風景を話しただけで。

なんなのその上司と同僚。私だったらそんな奴ら、理屈なんか捨ててメチャクチャな暴言で傷つけてやるけどね。どうせハゲにデブにブスなんでしょ。見た目じゃなくて、心がね。やっちゃいなよ。何やってんのよサチコ氏。

ふふ、と口から空気が漏れる。

何もかもが、唐突に。どうでもよくなってしまった。

――そうだよね、真理子。

ふいに、思い至った。考えたくなかった選択肢は、それほど辛いものではないのかもしれない。なんだ、そうすればいいんだ。

――カズくんと、別れる。

そう決心したとたん、目の前が暗くなった。薬が切れたのか、気力が切れたのか。沙智子の体は落下し、眠りの底へと吸い込まれていった。

睡眠の力はすごい。

あれほど自分を浸食した不安や恐怖は、どこへ行ってしまったのだろう。

いくぶん体はラクになっており、おかげで溜まっていた仕事もなんとかやり通すことができた。

沙智子はオフィスを出て、エレベーターを下った。

昨夜、寝る寸前に得た心境はもう思い出せなかったが、どうすべきかという結論だけは、まだイメージできる。そこへ至るためには努力が必要だということも、なんとなくわかっていた。歩いているあいだにも、心の隅では小さな決意が揺れ続けている。

和明と、別れなければならない。

マークシティビルを出る。ハチ公広場の時計が、午後七時を告げていた。

真理子との約束まで、まだだいぶ時間がある。一度帰宅して、ゆっくりと出直そう。

そう思いながら歩いていると——ふと、それが目にとまった。

右斜め前の方向、若者達の群れの中。ハチ公。風船。着物姿。

——え……？

まるで、デジャブのような光景。

治五郎が、小さな女の子に風船を手渡している。沙智子は吸い寄せられるように、その場へと近づいた。

「やだやだ……いらない！」

女の子が、無理やり渡された風船を押し返そうとして、手から離した。

「——あ！」

風船が、宙をのぼっていく。

「おまえコラ！　捨てやがったな！」

治五郎がすかさず吠え、女の子が息をのんで固まる。

「だって、いらないっていったのに」

「弁償だ、弁償。食い物をよこせ！」

女の子は泣きながら、走っていった。遠くで煙草を吸っていた母の胸元へ、勢いよく飛び込むのが見えた。

「――ちっ。クソガキめ」

沙智子は、ためらった。ためらいながらも、おそるおそるその背後へと近づく。

「……治五郎さん？」

治五郎が振り向く。鬼の形相だった。

「ああ？　なんだオイ、サチ公かよ」

「あの……まだそんなことを……？」

「ばかやろう。たまたまだ」

沙智子はふと思い出す。

――鍛錬って……まさかこれが……？

「……お仕事中、ですか？」

「うるさい。見てわかるだろ、腹が減ってんだよ」言いながら、問答無用で歩き出す。

「よし、猿を食いにいくぞ！」

「……え？　……いや、今日は」

顔をしかめる間もなく、治五郎の背がまたたく間に遠のいていった。

弁明しようと、それに追いすがる。声を振り絞り、約束があるということをその背に告げても、治五郎はまったく聞く耳をもたない。

一〇九の交差点。宵闇により、脱皮のはじまった街。

信号がちょうど変わり、人波がいっせいに押し寄せてくる。

沙智子は、治五郎に向けてなおも口を開こうとし、おもわず目を見開いた。あまりの衝撃に——立ちすくむ。

交差点の、向かい側。見慣れた姿が、こちらのほうへ歩いてくる。とっさに後ずさり、人混みの中に身を潜めた。

——カズくん……？

治五郎が、その気配に気づく。

「——ん？　どうしたサチ公！」

——やめて！

沙智子はあわてて治五郎から、和明から遠ざかった。身を低くし、人垣の隙間から和明を見やる。どうやら、こちらには気づいていない。

「サチ公！　サチ公！」

治五郎がひときわ大きな声で叫ぶが、幸いにも和明は気づくことなく、駅前の交番の方角へと去っていった。

ほっと胸をなでおろす。それも束の間、沙智子の胸中にはべつの緊張が走った。暗くなりはじめた渋谷。和明は、ここへ何をしにきたのか。もしや——。

——誰かと待ち合わせ……？

沙智子は、人の群がっている付近を経由しながら、交番が見える位置へと身を移していった。

和明の背が見える。スマホを耳に当てながら、キョロキョロと首を振っていた。そのまま歩を早め、交番の脇を通り、線路下をくぐっていく。

沙智子はもはや身を潜めず、早足でその後を追った。

ふいに、スーツの背をわしづかみにされる。

「——おい、どうした！　猿はこっちじゃねえぞ！」

振り向くと、治五郎が不機嫌そうに叫んでいる。

「……ごめんなさい、治五郎さん、私ちょっと——」

和明の背が遠のいていく。

「先に帰っててください……！」

それだけ言って、治五郎の手を振り払った。

嫌な予感が、足を突き動かす。そのままなりふり構わず、見えない背に向かって小走りに駆けた。

線路下に差し掛かったところで、和明の横顔を見つけた。

目の前の交差点を左の方へと横切っている。信号がちょうど切り替わり、そのまま正面の向こうへと渡りはじめた。耳に当てていたスマホを離し、その手をかかげて左右に振る。駆け出す。左車線の道路を、走っていく。その先に、車が止まっていた。

沙智子は全速力で走った。

和明が見知らぬ車の助手席へと回る。テールランプがともる。一瞬、それが見える。助手席へと乗り込む和明。それを出迎える後ろ姿。遠くてよくは見えないが、それはまぎれもなく――女だった。

走る。車が動き出す。信号で足止めされる。車が坂を上っていく。目で追う。走る。引き離される。

――カズくん……！

車はすぐに見えなくなった。けれども、沙智子は足を止めることができなかった。

宮益坂をのぼったずっと向こう――。

そこには、和明のマンションがある。

5

沙智子は、うずくまった。

生け垣の陰で、息を整える。体が、がくがくと震えている。手のひらで顔面の汗をぬぐいながら、もう一度車道に目をやった。

二車線の道路に、路駐の車が点在している。その一台から、エンジンのぬくもりが漂ってくるように感じた。車内には誰もいない。乗っていた二人は、もう部屋へと移動しているに違いなかった。

その事実を認めるまで、しばらくの時間を要した。

走った余韻は消えつつあるのに、胸の動悸がおさまらない。心臓が激しく脈打っていた。状況を把握することを、体が拒絶している。汗ばかりがにじみ出てくる。

どうすればいいのか。絶望の中で、選択を迫られる。踏み込むべきか、否か――。

躊躇する時間。

刻々と時は過ぎる。

視線だけは、マンションの一室を凝視している。その部屋からふいに――灯りが消えた。

沙智子は、天をあおいだ。空はいつしか、満天の夜空へと変わっている。うっすらと、かぼそい新月が見えた。存在がおぼろげにわかる程度の、あまりにも細いライン。その、今にも消え入りそうな輝きは。

まるで――自分のようだ。

嘔吐がこみ上げる。薬をペットボトルで飲み下す。今度は、嗚咽がこみ上げる。泣きたくはなかった。泣けば、すべてが台無しになってしまうように思えた。

屈伸を繰り返し、ふたたび空を見上げ、どうにか気持ちを逃がす。

浮かんでくるのは、和明との思い出。これまでの、幸福だった時間。

街を彩るイルミネーション。煌びやかなライティング。歩いているときの、和明の横顔。

現実逃避だとはわかっている。それでも、去来してやまない。

夜景の見えるホテル。美味しい赤ワイン。二人で寄り添って、流れ星を探した。

視界の隅で、カーテンが揺れる。和明の部屋――ベッド脇のカーテン。目を背けた。考えないようにした。

フルートの音色が、脳裏をただよう。別れの曲。一番得意で、好きだった旋律。自分がフルートを始めるきっかけになり、やめるきっかけになった曲。

世界で最も美しいとされる旋律が、沙智子の精神を鎮めていく。けれども、有名な一コーラスが終わるところで、沙智子は首を振った。脳内の演奏を断ち切る。ここから先の後半は、激情にのたうち回る展開となる。沙智子はその部分を、まともに演奏できた覚えがない。

──無理だよ……。

沙智子は、立ち上がった。顔面は蒼白で、脂にまみれていた。

──無理だよ……別れるなんて。

沙智子の決心は、べつの方向へと急速にかたむいていった。

よけいな詮索をした、自分がいけなかったのだ。恋人のプライベートに踏み込むだなんて、とんでもない。明日からは、すべてを忘れよう。和明のことだけを一途に考え、これまで以上に従順になろう。

それに──。こんな顔、見せられるはず……

ガシッ

きびすを返した瞬間、体が硬直した。右の手首が、摑まれている。

「──おいこら。どこへ行く」

沙智子は悲鳴をあげ、振り返った。

「あそこの部屋だな？」

治五郎が、立っていた。凄みのある笑みで、鼻を鳴らす。

「これから大イベントなんだろ？　見物だなあ、オイ」

「……い、や」

沙智子は愕然とした。この男は、すべてを把握している。その可能性に、今はじめて思い至った。美姫との食事で出た会話を、治五郎は一切を漏らさず聞いていたということだ。

手首に、治五郎の握力が加わる。体が、ガクンとうねる。

「とっとと行くぞ！」

問答無用だった。とたんに、心臓が跳ね回る。

「ちょっ……、やめてください！」

意志とは無関係に体が引きずられた。道路を横切り、エントランスへ。ロビーが迫り、照明にさらされる。ガゴン、とエレベーターが鳴る。

「……待って、ください……ちょっ」

急に現実に身をさらされ、沙智子は動転した。血液が体内を駆けめぐる。青白い蛍光灯の下。

治五郎が振り向き、ニタリと笑った。

「お前のふくらませたその風船、ことごとく叩き割ってやるよ！」

——風船……？

グワワン
エレベーターのドアが開く。沙智子は呆然とする間もなく、投げ出されるように中へと放り込まれた。

心がどこにも定まらないまま、鉄の振動音だけが空間を揺らしていく。

ふたたび、ドアが開いた。五階。その廊下の右奥には——和明の部屋がある。

治五郎が先を行く。臙脂の縞羽織が、ぶわりとなびく。その、後ろ姿。

沙智子は思った。自分は今、独りではない。

——さっさと別れちゃいなよ
真理子のセリフが、脳裏をよぎる。

「——ここだな？」

治五郎が、和明の部屋で止まった。その手がドアノブにかけられる。

「——待ってください」

「なんだ、往生際が悪いな」

「……ちがいます！」

沙智子は、深く息をついた。意を決する。バッグを探り、キーを取り出した。

「……鍵、開いてるわけないですから。乱暴なことをしたら、逆にチェーンとかまでかけられちゃいますから」

治五郎は沙智子の手元を見て、驚いたように眉を持ち上げた。

「おいおい合鍵かよ。そんなもん渡しといて浮気するとは、堂々としてやがるな」

「……いえ。合鍵をくれたことなんてありません。自分で作ったんです、こっそりと。こういう日のために」

「はあ?」治五郎は素っ頓狂な声をあげた。「お前、最高に、気持ち悪いやつだな」

「……静かにしてください」

ドアに、ゆっくりと鍵を差しこむ。目をつむる。

腹は、据わった。

――もう、どうにでもなれ。

カチリ、と鍵が回った。ドアをそろりと引き、耳をすます。無音を確認し、素早く開け放った。

キッチンの薄明かりが目に飛び込む。ついで、玄関の靴。和明のものと、女性のもの。見知らぬ女の――。

一瞬、息を潜める。

キッチンには誰もいない。その手前、ユニットバスからシャワーの音が聞こえる。

1Kの間取り。キッチンの奥の引き戸の向こうが、ベッドのある部屋。

そこに横たわるのは和明か、それとも——。

ぐい、と背中を押される。

治五郎が中をのぞき込もうと、身をすり寄せてくる。沙智子は足がすくんだまま、動けずにいる。そのとき、ふいに音がやんだ。

——シャワーが、止まった……!

沙智子はびくりと身を打ち、きびすを返そうとした。すかさず治五郎が腕をつかみ上げ、後ろ手にドアをそっと閉める。履き物を脱がずに、そのまま部屋へと踏み出す。

沙智子は慌ててヒールを脱ぎ捨てた。無音を保たなければならないため、なされるがままに奥へと進む。

——うそでしょ……待って!

治五郎が引き戸の前に立つ。

次の瞬間、何の前触れもなく引き戸を開け放った。

——え?

「……きゃあああっ!」

女性の悲鳴。

沙智子は治五郎の肩を押しのけ、身を乗り出して中を覗いた。暗がりの中で、女性が頭から布団をかぶる。

「おもしれえ。完璧な現行犯、だな」

治五郎が嬉しそうに言った。笑いながら、床の一点に目を落とす。

沙智子はそれどころではなかった。一瞬にして身が硬直する。

──女が、和明のベッドにいる。

わかっていたはずなのに、ハンマーで殴られたかのような衝撃を受けていた。

次の瞬間、背後でシャワー室のドアが開く。

「──な……なんなんだよ！」

和明の驚愕した顔が、ドアの隙間から覗いた。

「マジかよ！　なにやってんだよ！」

──まずいまずいまずい……！

和明は沙智子の顔を睨みつけ、声を震わせる。

「──おい！　なんなのそいつ！」

言いながらドアを閉めた。がたがたと音がする。おそらくは、急いで着替えている。

沙智子は呆然と立ちすくんでいた。和明の、まるで害虫を見るような憎々しげな目つき。それが脳裏に焼き付いて、体を痺れさせている。

「さあて、どうするよサチ公」

かたわらで、治五郎が腕を組んでのんきに笑った。沙智子はその横顔を見上げる。

——どうすれば……。

体が呪縛から解け、ユニットバスを、背後のベッドを交互に一瞥した。布団の隙間から女性の後頭部がわずかに見える。沙智子は歯を噛み、引き戸をおもいきり閉めた。

「——マジでなんなんだよ！」

ユニットバスのドアが開き、和明がゆっくりと姿をあらわした。Tシャツに短パン。顔が、パニックで歪みきっている。まるで、本性がにじみ出たような表情だった。

それを見た瞬間、沙智子は急速に心が冷えていくのを感じた。

「誰なのその人！　さっちゃん！」

和明が叫ぶ。沙智子は目を伏せ、静かにつぶやいた。

「……そんなことより、これはどういうことなの……説明してよカズくん」

自分のものとは思えぬ、冷たい声。

和明は一瞬言葉をのみこむが、すぐに声を荒らげた。

「はあ？　こっちのセリフでしょ！　どうやって部屋に入ったわけ？」

「……浮気、してるんだよね？」

「なに言ってんだよ！　そりゃ自分だろ！　誰なんだよそいつは！」

「浮気してるんでしょ」

「ちょっと待てよ。勝手に人の部屋に上がり込んでさあ。とりあえず外出てよ、俺も出るから」

「……ベッドで寝てる女の人は――」

「いいから外出てよ――頼むから」

和明は徐々に声のトーンを下げていき、冷静を装おうとしていた。沙智子に近寄り、腕をとる。それをふりほどいてもなお、しつこく腕をつかんでくる。必死のように、見えた。

「――おいおい、カズくんよ」

一歩後ろで腕を組んでいた治五郎が、ぼそりと口を開く。

「まさか、この期に及んで浮気を誤魔化そうとしてんのか?」

「は?」

和明は顔を歪め、治五郎の姿をまじまじと眺めた。

「だから、なんなんですかアンタは。誰なんだよいったい」

「治五郎だ」

「……はあ?　いやだから、なんでここに――」

治五郎は手をかざして言葉を遮った。

「俺の勝手だ。気にするな」

「ええ？　……ええ？」

和明が眉をしかめて沙智子を見る。沙智子は、懸命に腕を振り払った。大きく、ため息を吐く。

「……カズくん、もういいよ」悲しみが、胸を満たした。「決めたから。もういいよ」

喉の奥が、震えている。息をのみ込み、それを声にして吐いた。

「――私はカズくんと、別れたい」

「ちょっと待ってよ！」

和明が声を張り上げる。

沙智子はその必死さに、おもわず心がうずく。こんな決定的な現場を目の当たりにしているというのに、どうしようもなく、心がうずく。

この期に及んで、この場を誤魔化したいのは――沙智子のほうだった。

「……でもカズくん、浮気して――」

「浮気浮気って！　――なんだよさっきから！　そっちはどうなんだよ！」

和明が、堰を切ったように激高した。

「ざけんのもいい加減にしろよ……！　勝手に人の部屋入ってきやがって……テメエらは浮気どころか、泥棒じゃねえかよ！」表情が、みるみる変質していく。「不法侵入だろ！　テメエら、犯罪者じゃねえかよ！」

ドン！

肩を突き飛ばされる。沙智子は床に倒れ、腰を打ち付けた。

「おいおい、黙って聞いてりゃ……カズくんよ」

治五郎が、ずいと前に出る。

「なんなんだテメエ！　気安く呼ぶんじゃねえよ！」和明の激高は止まらない。「なんだよそのイカれた格好は……ざけんじゃねえぞ！」

何事かをわめきながら、治五郎を蹴り飛ばした。

「ぬお……？」

治五郎はよろめきながらも、かろうじて足を踏ん張る。

「カズくんてめえ……！」

治五郎の目つきに、険が浮き出る。肩がゆっくりと上昇し、羽織が張り詰めていくのがわかった。パン、と袴を手で払う。

「ざけんな……！」

ふたたび、和明の蹴りが伸びた。それをまともに食らう治五郎。今度は派手に床へと転がった。

「待て！　……やめろカズくん！」

倒れ込んだ治五郎に、なおも和明は蹴りを落とす。

「なんなんだテメエは！　クソ野郎！　殺すぞこの野郎！」

ガスッ　ズガッ　ドスッ
「……ぐぅ……やめろばか！　ちょっと待て……カズくん待て……！」

和明は、半狂乱になっていた。うずくまる治五郎に向かって、執拗に蹴りを出し続ける。

沙智子は恐怖に身を縮めた。両手で口元を覆いながら、ガクガクと後ずさる。

「──やがって！　ざけやがって！」

「……ぐ……お……」

ガンッ
仰け反った治五郎の後頭部が、激しく床に激突した。

「……ひゃっ！」

沙智子の喉から甲高い音が漏れる。

和明が足を止める。

治五郎は、動かない。

「ちくしょう……」

和明が肩で息をしながら、ぶつぶつと何かをつぶやいた。呆然と治五郎を見下ろす。

「……やだ……！」

沙智子の足が動いた。治五郎の身を案ずるよりも、恐怖のほうが先に立った。逃げるようにしてユニットバスへと飛び込む。内側からドアを閉める。

「なんだよおい！　さっちゃん！」

和明がすかさず走り寄ってくる気配がした。

ドアに鍵はかからない。ノブを必死に両手で引っ張る。その手を通じて、ガタガタと振動が伝わってくる。

「開けろよおい！　ふざけんなよ！」

和明の怒声が間近に聞こえる。ノブが引っ張られる。渾身の力を込めてあらがう。

――やめて……お願い……

そのとき、ドアの向こうでべつの気配がした。

引き戸を開く音。ガサリ、と気配が動いた。直後、ノブへの圧力が消える。

――あ……。

沙智子は察した。部屋から、女が出てきたようだった。

「……ちょ……待ってよ、ねえ！」

和明の声。床を歩く音。玄関の靴――床がこすれ、踵が鳴り、ドアがぎい、と開かれる。

「……待って、て！　ちょ……」

ガチャン、とドアが閉じられる。

一瞬の間。

がん、がん——と、床が踏みしめられる音。

「ちくちょう！　出てこいよテメエ」

ふたたび、ノブに力が加わる。握り直すが、間に合わない。

ばあん、とドアが開く。

和明の顔面。憔悴しきったような皮膚が、深く波打っている。目が見開かれ、唇が震えている。

突然、頭皮に激痛が走った。髪の毛を掴まれ、引きずり出され、そのまま床に放り投げられる。

「ざけんなよテメエよ！　こいつ起こして早く消えろよっ！」

沙智子は倒れたまま、身を縮めた。蹴られることに恐怖する。だが、和明の足はべつのほうへ向いていた。

「二度と顔見せんな！　すぐに消えろ！　次に顔見たら通報して訴えてやるからな！　このストーカー女が！」

和明のまくし立てるような声。足音が遠ざかっていく。玄関のドアが乱暴に開かれ

──おもいきり閉じられた。

和明が、部屋から出て行った。

沙智子はしばらくのあいだ、床にうずくまっていた。

ふいにおとずれた、静寂。きぃいいん、という無音のトゲが、脳裏を引っ掻いていた。

いま起きた場面のすべてが、ゆるやかに遠のいていく。整理がつかない。気持ちが、定まらない。けれども、すぐそばにはまぎれもない現実が横たわっていた。

もみくちゃにされた、着物姿。それは今もなお、微動だにしない。

治五郎の安否、出ていった女性、和明の浮気、沙智子の立場。

さまざまなことがらが胸中をひしめき合い、ぶつかり合い、張り裂けそうになっていた。

けれども、何から考えればいいのか、わからない。うずくまりながら、ただ震える。

何も考えたくない。思いたくない。どうして、こうなるのだろう。幸せだったはずなのに。あんなにも、楽しかったのに。こんなはずじゃなかった。誰よりも素敵な人だったのに。けっきょくいつもこうなってしまう。生きているかぎり、ずっとそう。何もうまくはいかない。死んでしまえばいいのかもしれない。

──そうか……死んでしまえば。

沙智子はゆっくりと頭を持ち上げた。額の奥から血の気が引いていき、いつものように目眩がおとずれる。ぐわり、と歪んでいく意識。
そこへ、かすかな音が差し込んだ。
ガサリ
ゆるやかにもどる視界。その片隅で——臙脂の縞模様が揺れた。

6

ガサリ　ガサリ
臙脂と白が——揺れている。

「やれやれ……終わったか」

声が、沙智子を現実に引きもどす。

「——何やってんだ、サチ公」

沙智子は顔を動かした。色のもどった世界の中心に、治五郎が背を丸め鎮座していた。いつのまにか、身を起こしている。

——よかった……。

意識の外側で、ありきたりな安堵を感じた。問題の一つは、とりあえず考える必要がなくなったらしい。

治五郎は何事もなかったかのように、大きくあくびをした。長い白髪に指を突っ込み、ガサリガサリと掻いている。もう一方の手は、瞼をこすっている。

――もしかして……。

「まあ、今日は早起きしたからな」治五郎が、意をくんだように笑った。「肩叩きとかされると、気持ちよくて眠くなるだろ。あんな感じになった」

――いや、蹴られてましたけど……。

沙智子は唇を動かそうとしたが、うまくいかなかった。笑みをかたちづくれない。感情も、動かない。

治五郎はかまわず、鼻を鳴らした。

「まったく、典型的な行動だ。手に負えなくなるとああやって逃げ出す」パン、と袴をはたいて立ち上がる。「これにて一件落着！　望み通りに事が進んで良かったじゃねえか」

「……え？」

沙智子の唇が、ようやく動いた。

「まあ、ああいう奴は修羅場が大好きだからな。刺激的でよ。奴にとって恋愛遊戯のオチは、こういう劇的な修羅場だ。つーわけで、無事にオチを迎えたわけだな」

――恋愛遊戯……オチ？

視線が力なく宙をさまよう。開け放たれた引き戸。空っぽになったベッド。

「まったく、何をそんなに呆然としてやがんだよ。――まさかお前、悲しみに浸ってたわけじゃねえだろうな？」

治五郎は歩き出し、冷蔵庫の前にかがみ込んだ。

「お前自身、動物みてえな行動しかしてねえくせに、何を人間らしい感傷に浸ってやがる」

中から、缶ビールを取り出す。

「浮気がそんなにめずらしいのか？　お前らの世界じゃ単なる日常だろ」

立ち上がり、こちらを振り向いた。

「お前は今まで、何をどんだけ膨らませてきたんだ？　――この妄想女が」

ぷしゅう、とプルトップが引かれる。

――妄想女……？

沙智子は、息を詰まらせた。治五郎の顔を、凝視する。

いったいどういうつもりなのか。なぜ自分が今、責められねばならないのか。

「なんだその顔。お前の色恋は嘘ばっかりの妄想まみれって言ってんだ。とてもじゃないが、見てられん」

治五郎は缶に口をつけ、ぐびりと喉を鳴らした。

「そもそも、お前らの馴れ初めからして気味が悪い。モテるために流行りの焼きパン屋でバイトする男に、寂しく電車を乗り継いでそれを食いに行く女。お互い中身はからっぽで、嘘っぱちの雰囲気を作ってくっついてるだけ」

いったい、何を――？

沙智子は、自分の顔が歪んでいくのを自覚した。混濁していたはずの意識が、引っぱたかれたように鮮明さを帯びる。

「なんだ、あのくだらねえ話。イルミネーション？　赤ワインだ？　街を汚してるだけの大量の豆電球にウットリして、ブドウの腐り加減について語り合いながら、さあ交尾ってか？

で、そんなつまらん話に黙って付き合う心優しい後輩がいる？　いったいどんだけチャチな妄想を膨らませてんだよ」

カンッ、と音が弾けた。

治五郎はビールを流しに置き、沙智子の顔面に向けて指を突き出した。

「いいかサチ公、よく聞けよ。あいつはオスだ！　男じゃねえ！

そんでお前はメスだ！　女じゃねえ！　ただ――それだけの話なんだよ！」

――女じゃない……？

沙智子は、耳を疑った。頭をわしづかみにされたような衝撃。よくはわからないが、強烈な暴言を吐かれている。その事実に、心底困惑した。

「可哀想な話だが――お前は、強いオスが好きな、弱いメスなんだよ。だったらあれこれ悩むまえに、まずはオスの生態を知ったらどうだ」

――雄の……生態？

「オスってのはな、より多くのメスに種を植え付けるってのが仕事なんだよ。天の仏さんから、そういう命令を受けてる。それくらい知ってんだろ？　だから自分じゃどうしようもねえ。

だいたい、あちこちのメスに種付けしなきゃいけねえなんてよ、そんな面倒でギャーギャー言われて疲れることなんて、本当はやりたくねえんだよ。けど、強いオスほどそれをやらなきゃなんねえ。命令だからな、仏さんの。それが、弱肉強食ってやつだろ」

治五郎は再び冷蔵庫の前にかがんだ。二本目のビールを手に取る。

「人間も魚も鳥もライオンも、みんな一緒だ。ライオンなんて見てみろよ――オスが自分の種をまくためには、たった一匹で群れを襲わなきゃなんねえんだぞ。メスを牛耳ってる恐ろしいリーダーを倒して、そんでそこにいる子供も皆殺しにして、それでやっとメスをものにできる。で、やっとこ自分の子供ができたら、今度はその子供の中で弱そうなのを見つけてどんどん殺しちまう」

ぐびり、と喉が鳴る。

「それがこの世界だ。人間もたいして変わらねえ。強い奴が弱い奴らを蹴散らして、子供を残す。子供も、その子供も、生き残るためにそうやってオスの生態を全うしてんだよ」

目の前に、ふと圧迫を感じた。

治五郎が缶ビールを差し出している。沙智子は首を振ることもうなずくこともできず、ただ硬直した。

「――まあ、あのガキは、そこらへんのガキよりは少しだけ見てくれがマシなんだろうよ。要は動物として少しだけ強いってこった。だから弱い奴らより命令に忠実だ。あいつは単に、純粋なオスなんだよ」

「……そ、んな……」

沙智子は力なく声を絞り出した。言っていることはなんとなくわかる。けれども、実感できるはずなどない。

「おいおい、サチ公よ。どんな育ちをしたのか知らねえが、そんな願望まみれで夢うつつに生きてたってしょうがねえぞ。受け入れろよ」

治五郎が鼻息を漏らす。それが缶の底にぶつかり、ファン、と鳴った。

「お前のカズくんは、浮気をしてる。そしてこれからもする。てめえが弱ろうが関係ねえ。種をまけという仏さんの命令に従って、延々とぶっ放し続けるだろうよ。お前にとっては浮気だろうが、奴にとってはれっきとした仕事だ」

――仕事……。

「お前はけっきょく、飽きられたんだよ。最初は良かったが、たいしたメスじゃないと知れて雑な扱いになった。でも捨てるのはシャクだから、単に子飼いにされてる。一度ツバをつけたメスは、他のオスに渡したくねえって、ただそれだけの話だ。生態にじつに忠実で、純粋な野郎じゃねえか」

私だって純粋だと思ってるよ、カズくんのことは。

自分の吐いた言葉が、脳裏をよぎる。

「……でもそんな……生態なんて」

おもわず口を開くが、二の句がつげない。

治五郎はうなずき、缶をかたむけた。

「お前もしょせんはメスだから、わからねえんだろうな。鞭を振るわれりゃ泣き、飴を渡されりゃ喜び、まるで動物そのまんまの反応を延々と繰り返してるお前じゃな。だからお前は、サチ公なんだよ」

いつも同じような服ばかり買ってるでしょ。そんなんだから、いつも同じような男に引っかかるんだよ。

いつかの、真理子の言葉。

ふいに、顔に熱が帯びる。目の奥が、喉の奥が、じんわりと熱くなってくる。

治五郎が、ぶわりと動いた。

「言っとくけど男だってな、メスの生態が大嫌いだ。てめえの見てくればっかり気にして、強いオスを物色し、それにだけ群がろうとする。他には目もくれない。強いオスをモノにするためだったら、陰険で姑息な手段も平気で使う。

嫌いだが、それがメスなんだろ？　——なあオイ、見ろよこれ！」

治五郎はいつの間にか、引き戸の奥に移動していた。ベッドの前にしゃがみこんでいる。床から、何かをつまみ上げている。

「……え……？」

沙智子は目をこらし、愕然とした。

それは——金の、棒ピアスだった。

——美姫ちゃんの……！

治五郎がピアスを放り投げる。それが沙智子の足下で跳ねたため、おもわずよけた。

「まったくメスってのはよ。こうと決めたオスを捕まえるためには、なんでもアリ、なりふり構いやしねえ」

「……でも……美姫ちゃんは……」

否定しようとしぼり出した声が、途中で切れた。目の前が、真っ白になる。

「あいつは上っ面の良いことしか言わねえ。だから男に対しても同じだってことくらい、一発でわかる。そうやって、あちこちのオスに尻尾を振ってるんだろうよ」

――うそ……！

瓦解していく。沙智子の大切にしていた拠り所が、気持ちの土台のようなものが、次々に瓦解していく。

「厄介なのは、あの女は誰に対しても本気じゃねえってとこだ。だからそのぶん、相手に本気になられても困る。その妙な関係を保つために、お前は利用されてたんだよ。なあ、サチ公」

休日もきっと、和明と一緒だった。恋人がいないなんて、嘘だった。いや、本人にとっては、和明は恋人の位置になどいないのかもしれない。

――だから、私に別れさせないように、あえて仕向けていた……。

「――おい」

治五郎が、顎で床を指す。

沙智子は愕然としたまま、視線をさまよわせた。空気が――振動していた。気づくと、バッグの中でスマホが震えている。メールの着信を示す振動。

それは、美姫からだった。

すぐにバレると思うんで言っときますけど、私どうせ会社辞めるつもりだったんで安心してくださいい。ていうか和明うざいんで、小宮さんに返しますから安心してください。

おぞましい文面。

書いた本人が誰なのか、一瞬わからなかった。それどころか、美姫という人間がどんな顔をしていたのか、もう思い出すことすらできなくなっていた。

「あのメスは、お前よりもはるかに強いメスだってことだな。より強い奴にぶち当たるまで、そうやってオスを物色し続けてるんだろ」

治五郎が、何か言っている。天井から、床から、その声が浸食してくる。

でもしょせん、あいつもメスだ。女じゃねえ。

女ってのはな、メスとは違う。仏さんの命令を無視する。誰にも負けない信念をもって、そいつを貫く。

男もそうだ。オスとはまるで違うんだよ。仏さんと戦ってんだ。

でもメスは、そういう男の存在に気づかない。メスはオスにしか目がいかねえんだ。

オスもメスにしか相手にされない。なあ。わかるかよ、サチ公。

「……んですよ……」

「——あ?」

沙智子の口が、勝手に動く。

「……うるさいんですよさっきから。——オスとか……メスとか……」

治五郎の眉が、ひょいと持ち上がる。

沙智子は口を閉じ、歯を噛みしめた。

脳裏で、胸中で、何かが張り裂けそうになっている。色とりどりの、何か。それらが互いに、ぶつかり合う。

ボヨヨン　ボヨヨン

——私だって、オスなんて嫌いだ。

——メスだって、大嫌いだ。

「だったらどうするか。答えは一つしかねえよなあ?」

治五郎が、正面に立っている。こちらの顔を、のぞき込んでいる。

「いいか、沙智子!

オスに惚れるな。男に惚れろ!　メスに成り下がるな。女になれ!」

——パアン!

沙智子の中で、それらは弾けた。

「……うるさ……いんですよ……」

「ああ？」

「——うるさいって言ってるんですよ！」

沙智子は、足を踏ん張る。目を、見据える。視線が治五郎を突き抜ける。その向こうの真理子を突き抜けていく。

風景が流れ去り、真っ白な世界へ。

遙か彼方にいる未来の自分が——こちらを振り返ったような気がした。

「なってやりますよ！」

沙智子は、叫んだ。

「なってやればいいんでしょ……！」

視界が、揺れる。まばたきで、飛び散る。

割れた心の裂け目から、涙がとめどもなく噴き出してくる。

泣きたくはない。泣きたくはないけれど——。

「なってやりますよ……女に！」

オスではなく、男を嗅ぎ分けるだけの嗅覚を。

本能を無視できるだけの理性を。

強い意志を。信念を。

そして男を射止める——女の魅力を。

「……ぜったいに……ぜったいに」

膝が折れる。顔が、下を向く。おしとどめてきたものが、噴き出してくる。

温めていた思い、我慢していた思い。涙となって噴き出してもなお——止まらない。

両手で覆っている。それでも、溢れる。

その手に、ぬくもりがそっと触れた。ゆっくりと、両手が解かれる。顎にぬくもりが移動し、力が加わる。顔が、上向けられる。

治五郎の笑みが、目の前にあった。

「おーお、なるほどなあ」

男の——声が、聞こえる。

「お前がふくらませてたのは——水風船だったか」


時間が流れ、風景が流れ——

私も流れた。

そんな印象に、妙な陶酔感をおぼえながら——沙智子は足を動かしていた。

けれども、マンションを出てすぐに、治五郎の足が止まった。電柱によりかかり、うなだれている。

夜空を見上げ、細い新月に目をとめ、マンションを振り返る。

「――早くこの場を離れねえとな。そろそろ、オスがメスにそっぽ向かれて巣にもどってくる頃だ。お前はもう、そんな茶番には関わりたくねえだろ？」

「……はい」

だったらなぜ、足を止めているのか。

沙智子は怪訝に思い、治五郎のそばへと寄った。顔をのぞき込もうとした瞬間、ふいに正面から両肩を掴まれる。

ドクン、と胸が跳ねた。

「――だめだ、体がだるくて動かねえ」

「……え？　ああ」

「なんかあちこち痛えし……頭もズキズキしやがる。酒のせいだな」

――蹴られたせい、だと思いますけど。

おもわず苦笑を漏らしていると、体がひとりでにくるりと回った。

「……え？」

背後から、腕が絡みついてくる。ずしり、と背中に重みが加わる。つんのめりそうになり、あわてて足を踏ん張った。

「おぶれ」

首のすぐ横で、治五郎がささやく。

「……ちょ、むり……」

「早く行け。奴がもどってくるぞ」

沙智子は歯を食いしばり、足を踏み出した。ギシ、とヒールの踵が鳴る。成人男性をおんぶしたことなど、これまでにない。重たいことには違いなかったが、とはいえ耐えられないほどではなかった。治五郎が思った以上に痩せているせいかもしれない。

「見かけによらず、やるじゃねえか」

治五郎がのんきにつぶやく。背中に、熱がこもっていく。その熱が、スーツの生地を通じて伝わってくる。

——え……？

ふいに、気づいた。腰の辺りに、なにかが当たっている。

「……ちょっ……あの」

——硬い……うそでしょ！

「俺の勝手だ。気にするな」

——気にするなって言われても……！

くくく、と治五郎が笑う。その息が、耳たぶをくすぐる。

「オスってのはよ、眠くなったり、疲れたり、瀕死の状況になると、逆にいきり立っちまうのよ。仏さんの命令、てやつだ。死ぬ前に種まいてから死ね、てな。こいつも、オスの生態ってやつだよ。考えてみりゃ、残酷じゃねえか？」

「ちょっとあの……か、か、」

——勘弁してください……！

「さっきライオンの話をしたけどよ、メスのほうはどんな感じか知ってるか？　侵略者のオスに対して、初めはもちろん敵視するよな。牙むいてよ。けど、相方のオスが倒されて、自分の子供も皆殺しにされたとたん、そのメスはよ、突然スイッチが入ったように発情しだすんだとよ。で、その侵略者といきなり交尾し始める」

「……ええ？　そんな……」

なぜだか、胸が圧迫されたように苦しくなる。

「お前もどうせ、発情してんだろ？」

「……してないですから！」

あわてて声を発したせいで、ふいに、よだれが飛び出た。

「……う」

けれども、それを拭えない。

——さ、さ、最悪……！

知ってか知らずか、治五郎は笑う。

……くくく。

「ほら。さっさと先を急げ」

治五郎はまるで馬に合図を出すように、両膝で沙智子の横腹を蹴った。

――う
「……い、痛いんですけど」

「ほら行け！　せいや！」

道はゆるやかな下り坂にさしかかり、いくぶん足取りが楽になる。

それでも、息があがる。けれども、足は止めない。沙智子はなかば、意地になっていた。

「なあ、サチ公よ」

「……沙智子です。やめてください」

治五郎は眠そうな声で、つぶやいた。

「お前よく、もっと自信を持てとか言われんだろ」

――え……なぜそれを……。

真理子の顔が――口をとがらせて熱弁する表情が、思い出された。

「恵まれてるくせにわかってねえからな、お前は」

「……恵まれてる？　どこがですか……」

「どこがってお前、見てくれだよ」

——見てくれ……？

何を言っているのか。

重たくて堅い、昭和を思わせる黒髪。眠たそうではっきりしない奥二重。痩せすぎすでつまらない体。陰気で辛気くさい雰囲気。

これの、どこが、恵まれてるんですか」

「どこが、恵まれてるんですか」

「恵まれてるじゃねえか」治五郎の声が、鼓膜をくすぐる。「この癖のない真っ直ぐな黒髪だろ。なんかこう、すっきりした目してよ。細っこくて、女優みてえな身体で。雰囲気は一見、賢そうに見えるしな。そこいらのメスたちが欲しがる要素、満載じゃねえか」

「……え？」

——そんな風に言われたこと……

「バカだな本当。自分で気づけねえんだったらよ、誰も気づかないんじゃねえのか」

胸が、苦しくなる。

この重たいものを背負っているせいで、胸が苦しくなる。

「それに——女になりたきゃ、もう少し身繕いしてもいいんじゃねえか？」

ふいに、体が軽くなる。治五郎が、背中から飛び降りていた。体が、また勝手に反転する。治五郎と、向かい合っていた。

体は軽くなっているのに、胸はまだ、苦しいままだった。

「——ほら、手出してみろ」

治五郎は羽織の袖から、何かを取り出した。

沙智子は目をほそめる。腕時計——のようだった。

「ほら、早く」

強引に腕をとられ、手首にそれを巻かれる。身繕いとはほど遠い、それは幼稚なゴムバンドだった。

「……なんですか、これ」

腕を持ち上げ、盤面を見つめる。子供向けの、奇妙なキャラクター。宮城出身の沙智子には、かすかに見覚えがあった。

「これってまさか……独眼竜キティちゃん？」

治五郎の、ドヤ顔。

「俺の宝物だ。くれてやるよ」

「……ぷっ」

沙智子は、吹き出した。とめどもなく、おかしさがこみ上げてくる。女になるために、これで身繕いを？

「笑ってんじゃねえ。宝物なんだぞ」

治五郎の、ドヤ顔。おかしさが、止まらない。こみ上げるそれが――涙に変わる。心の中の何かが、また割れたようだった。この男はいったい、どれだけ割れば気が済むのだろう。

「……変な人ですね、本当に……」

「うるせえばかやろう」

こんなダサいの、いらない。いらないけど――。

沙智子はうつむき、唇を引き結んだ。まぶたからおかしさがこぼれ落ち、それが腕を、キティちゃんを、濡らした。

「――さてと」

袴をはたく音が聞こえる。

「風船はもう、ぜんぶ割れちまったようだな」

風が吹き、沙智子の髪がなびいた。目をこすり、声の方向をむく。

「そろそろ頃合い、てやつだ」

治五郎は、穏やかな表情をしていた。だから、自然と言葉がついて出た。

「……はい」

そんな気は、していた。

沙智子は手首に目を落とす。これをくれた瞬間に、そうなるんだろう、と。

「……やっぱり行っちゃうんですね」

「ああ。長居は無用だ」

寂しさのようなものが、吹き抜ける。ふわりと、沙智子の髪をなびかせる。

呆然と道の先を眺めていると、背後でタクシーが止まった。見ると、治五郎が片手を上げている。

「どうせもう、おぶれねえんだろ。しかたねえから、乗り換えてやるよ」

沙智子は微笑み、うなずいた。治五郎がタクシーへと乗り込む。沙智子は運転手に札を渡した。ドアが閉まり、窓が開く。

「もう、会うことは……?」

沙智子は一歩身を引きながら、遠慮がちに声を発した。

「さあな」

「ですよね……」

「――けどよ、いずれまた」

「……いずれまた……？」

治五郎は、口の端を持ち上げた。

「猿を食わせろ。虫のフンじゃなく」

フフ、と沙智子は微笑《わら》った。

「……はい！」

車が、動き出す。風を巻き込み、遠ざかっていく。テールランプの残像が闇に溶け、辺りにはたちまち静けさが宿る。

ふいにあらわれ、ふいに去っていった。

自分の常識では考えられない。けれども今は、とても自然なことのように感じた。

人は、移ろう。季節のように、移ろっていく。ならば自分も、変わらなければ。

――変われるのだろうか。

沙智子はまた、手首に目を落とした。独眼竜キティの限定ウォッチ。その針は、動いていない。けれども――

沙智子は、ゆっくりと面を上げた。目を、つむる。

かち　かち　かち
気のせいかもしれない――けれども。

自分の中の針が今、動き出したように思えた。

エンドロール

——何を考えてるんだろう……！

沙智子は焦燥に胸を焦がしながら、歩道をひた走っていた。

時間がない。間に合わない。

——時が動き出したとか言ってる場合じゃない！　今すぐ止まってほしい！

自分に毒づきながら、車道を見渡す。こういう時に限って、タクシーは通らない。

治五郎が乗ったのを最後に、さっぱりと見かけなくなった。

——まったく……なんなの！

一〇時に真理子とハチ公前で待ち合わせ。すっかり、忘れていた。左の手首に目を落とし、また気づく。この腕時計は——壊れている。

——使えない！　どいつもこいつも！

ハンドバッグに手を突っ込む。時刻を見るため、スマホを手に取る。無数の着信表示が目につく。すべて和明からのようだった。走りながら、そのうちの一通を開く。

さっちゃんごめん　やっぱり俺、愛してるから　ぜったい別れられないから
——使えない！　どいつもこいつも！

脱皮を終えて、賑わう渋谷。宮益坂を、全速力で下っていく。顔はぐちゃぐちゃ、体はどろどろ。自分が脱皮したい気分だった。

坂を下りきり、線路下をくぐり——ようやく駅前の交番を通過する。どこかで顔をなおしたい気に駆られるが、そうも言っていられない。すでに二〇分も過ぎている。真理子はわりと、時間にうるさい。

そのまま、人混みをかき分ける。ハチ公前に視線を据えたまま、表情だけには気をつかって走る。こんな時間でも、若者が群れている。夜更けでもここだけは、温度が高い。

「——あ！」

おもわず、声を上げた。ハチ公前に——性懲りもなく。

「……治五郎さん？」

無意識に、顔が歪む。

——どうしてまだいるの……！

足をゆるめ、肩で息をつく。急激に、気まずさに包まれる。先ほど、きっぱりと別れを演じたばかりなのに。いったいこんなところで、何をしているというのか。

近づきながら、目をこらす。

人垣の隙間から、ハチ公前の様子が見えてくる。治五郎は、若い女性と話していた。ひっきりなしに話しかけているように見える。

──ナンパ……？

女性のほうは、どうやら面倒そうにあしらっているようだった。ふわふわの茶髪、アスリートのように広い肩。

──え！

沙智子は歩を速めた。走りながら、大声で呼ぶ。

「……真理子！」

治五郎と真理子が、いっせいにこちらを振り向いた。

そして二人は、矢継ぎ早に叫んだ。

「なんだお前、サチ公！」

「なに……知り合い？」

沙智子は立ち止まり、交互に二人を凝視する。すかさず治五郎が、かははと笑った。

「なんだお前、そのモノノケみてえな顔は！」

「遅いよサチコ氏！　おかげで変な奴に捕まっちゃったじゃない！」

真理子の大声を背に、治五郎がこちらへ駆け寄ってくる。来るなり沙智子の肩を抱き、真理子に背を向けつぶやいた。

「サチ公お前、こんなイカした友達がいたのかよ。もっと早く言えよオイ」

背後からは、真理子の声。

「もしかして、コイツのことね！　またろくでもない奴にひっかかって！」

「類は友を呼ぶって、ウソだなオイ」治五郎がなおも耳元でささやく。「あいつこそが、女だ。とんでもなくイカしてるじゃねえか。お前とは真逆だなオイ！」

「……はあ？」

「ただ難点があるとすれば、お前の連れだってことだけだな」

沙智子は、目をむいた。

――どういう……ことでしょう。

「ちょっとアンタ！　サチコ氏から離れな！」真理子が割って入り、治五郎の胸を押しのける。「いいわ、私が見届けてあげる。ほらサチコ氏、今ここで別れちゃいな！」

「なに言ってやがる。俺はこんな奴より、お前のほうが――」

「お前なんて呼ばないでくれる？」

矢継ぎ早に言葉を繰り出す二人。自由で気ままで自己中な二人。本能にものすごく忠実な二人。

――アナタたち……！

沙智子は心の中で叫んだ。

──オスとメスにしか見えないんですが！

「サチコ氏早く！　別れちゃいな！」

「しかたがねえ！　お供してやる！」

──ああもう！

沙智子は、たまらず叫んだ。

「……いい加減にして！」

しん、と二人が黙る。そろってこちらを、振り返る。沙智子は肩で息をしながら、二人を交互に睨みつけた。治五郎が、ニタリと笑う。

「──そういきり立つな。ちょいと心配になって、様子を見に来ただけだ」

──え？

「まあ、そんな必要もなかったがな」

言って、くるりときびすを返した。

沙智子は思い至る。数時間前にここで治五郎を追いながら、大事な約束があると言いすがった。それを治五郎は覚えていたということか──。

「──んじゃ元気でな、沙智子！」

治五郎が、右腕を振り上げた。

沙智子は気恥ずかしさをおぼえ、目をそらした。しかし、すぐに視線をもどす。

治五郎の、右手首。きらりと、何かが光っている。

「……ああ！」

それは、クロムハーツのシルバーブレスレットだった。

「――ああ、これか」治五郎は自分の手首を見上げた。「貰っといてやるよ。物々交換だ。もう必要ねえだろ、首輪なんか」

「……でも！」

――いつの間に……！

かはははは、と治五郎が笑った。

「サチ公よ。お前は本当に――どんくせえなっ！」

振り上げた腕が、一振りされる。別離をつげるその仕草が、網膜に焼き付けられる。

沙智子は、呆然と立ち尽くした。胸が、じくじくと疼く。

視界には、治五郎の背が映っている。それが少しずつ、小さくなっていく。

「なんなのあいつ！」

真理子が大声で叫んだ。

――なんなのあいつ！

沙智子は心中で叫んだ。

後ろ手に去って行く治五郎。形容しがたい感情が、沙智子の胸の内でうずまきはじめる。
どうすることも、できない。
けれども気づけば——その背に向かって、叫んでいた。
「あんたなんか！　あんたなんか！」
何を言っていいのか、思いつかない。感情が先走り、言葉を整えられない。
だから、こんなセリフが飛び出した。
「見ててくださいよね……！　私だって！　私だって！」
顔が歪み、涙がほとばしった。
「——捨てたもんじゃないんだからッ！」
風が、鳴る。
髪が、なびく。
治五郎が、こちらを振り返った。
遠くて、表情はよくわからない。
微笑っていてくれますように——沙智子は願い、その背を見つめた。
静けさが、おとずれる。
真理子が横で、啞然とこちらを見ている気配がする。沙智子に起きている異変に、戸惑っているようだった。

そういうせいもあって、ふと——思わぬ言葉がついて出た。

「私、またフルート始めようかな」

真理子がひゅっ、と息をのんだ。沙智子の正面に回り込み、目を丸くしながら、ほがらかに笑った。

「うん、そうだよ。待ってました！」

「……え？」

真理子はとても、嬉しそうだった。

「サチコ氏のフルート、すごくいいんだから。あの色っぽい音色！」

「……え？」

「とくに別れの曲ね。うっとりしちゃうよね、女って感じでさ」

真理子が夜空を見上げ、目を細めた。

「あの感じ、真似できないもんなあ」

沙智子もつられて、夜空を見上げる。両の腕に、ざわざわと温度が宿った。

——新月のラインが、やけに綺麗に見える。

沙智子は、ふいに気づいた。

たとえ今は消え入りそうな、とても細い線だとしても——これからきっと、それは少しずつ満ちていく。

「――きれいだね」

真理子が笑い、沙智子はうなずいた。

その細い輝きが、沙智子の瞳に――滲んで揺れた。

Act 3　主婦とオタクとサイコパス

「お前の育てたそのアサガオ、バッサリと叩っ斬ってや――」

1

――汗が、したたりおちる。

木陰に移動してもそれは止まらない。ひっきりなしに滲み出る。自分をどれだけ綺麗にしても、どれだけ冷静な表情を保っても、意志とは関係なく噴き出しては、すべてを台無しにしてしまう。

だから私は――汗が嫌いだ。

「お母さん、こっちこっち」

校門から、見知らぬ親子が続々と入ってくる。母親の手を引く女子中学生が過ぎる。

その指が、玄関口の立て看板を指さしていた。

私立大沢高校　入学説明会
この夏休みに、中三の受験生に向けておこなわれる学校説明会。息子が入学できそうな唯一の高校として、担任教師からここを指名された。

私はため息をつき、ふたたび校舎の時計をふりあおいだ。待ち合わせの時間から、すでに一〇分が経過している。

なまぬるいそよ風が——肌にまとわりついて気色悪い。

ひっきりなしに滲む汗。ひっきりなしに過ぎゆく人。セミの鳴き声が、うるさい。

——嫌だ。

私は、バッグからハンドタオルを取り出し、首筋をぬぐった。

本当は息子と一緒に来るべきなのだろうが、気が引けて現地待ち合わせになった。

息子とは、ほとんど口をきくことがない。会話はいつしか、必要事項のみをメールで交わすようになっていた。だから今日も、こちらから一方的にＬＩＮＥで約束を取りつけてある。


今日は入学説明会だから、一四時に大沢高校の校門で待ち合わせましょう。

お母さんも用事があるから、直接そこへ行きます。

用事など——ない。ただ、一緒にここまで来るという行為に、言いようのない気まずさを感じていた。

息子の名前は剛紀《ごうき》。強くたくましく輝いてほしいと、夫が名付けた。

けれども実際は、真逆のイメージに育ってしまった。

息子は――俗に言う〝引きこもり〟だった。


夫は逃げ出した。

大手商社グループの傘下企業で部長を務めているが、急な辞令が出たということで、去年から大阪支社に単身赴任になった。

でもそれは建前で、きっと自ら異動願いでも出したのではないかと思う。それほどに剛紀は、私たちの手には負えなくなっていた。

いや、手に負えないのとは違う。どう手をかけていいのかわからない、というのが正確な言い方だろう。

そこには――深い断絶があった。

会話は成り立たず、いつしか皆無となり、意思の疎通を互いに断念したまま――それが日常へと定着してしまっている。溺愛して育ててきたはずなのに、ずっと手取り足取り一緒に歩いてきたはずなのに、今は、どうしていいのかわからなくなっている。

子育てが――育児というものが、わからなくなった。

どこで間違えたのか、そもそも何が間違いだったのか、どんな落ち度があったのか、まったくもってわからない。

気づけばいつしか――息子のことを、疎ましく思う自分がいる。

なんとか、打開しなければならない。このままではいけない。

剛紀が高校に上がるこの機会に、何かが変わってくれなければ――

この家庭は、崩壊する。


日差しが少しずつ移動している。私もそれに合わせて木陰の中を動く。

レジ袋から飛び出した二本のネギが、木に突っかかりガサリと揺れる。私は、あらためて自分の身なりを見下ろした。

深いため息が漏れる。

本来ならば、こんなに大事な場なのだから、スーツを着てくるべきだ。そう思い、数日前にはすでに着るものも決めていた。

なのに、今の格好は――ラフなTシャツとスラックス、その上からガーデニングエプロン。エプロンの幅広のポケットからは、園芸用の小道具がちらほら覗いている。手には白いレジ袋、中にはナスと油揚げ、太い長ネギが飛び出している。

考えられることじゃない。

いつもの自分からは、想像もつかない失態だ。今朝はそれほどに動転した。かつてないほどに逆上し、その後もずっと思考がおぼつかなかった。――あの男のせいで。

この格好で息子と、高校の説明会へ？

羞恥を通り越しておぞましさを感じ、鳥肌が立った。この暑さだというのに。

私はスマホを取り出した。過ぎゆく親子はもうほとんどいない。まもなく、説明会がはじまる時間になってしまう。

剛紀は何をしているのだろう。一四時に集合と伝えたはずだ。こういう大事な約束だけは守るのに。それが、家庭をかろうじて存続させるルールだと、わかっているはずなのに。

送信したメッセージを確認する。間違いないし、わかりづらくもない。剛紀からの返信はないが、開封通知があるから読んでいるのはたしかだ。

いったい、何をしているのだろう。

最近、剛紀の様子に異変が見受けられる。それは、望んでいない変化。だから私の調子も狂いっぱなしだ。

すべてはきっとアイツの――あの男のせいだ。

おもわず、舌打ちがもれた。舌打ち――その下品な行為自体、私には似つかわしくない。

まさか、感化されているのだろうか。

イライラする。焦燥がつのる。もう時間がない。でも一人で行くわけにもいかない。

電話すべきだろうか。剛紀は、電話に出るだろうか。

そのときふいに——日が陰った。私はスマホの画面から顔をあげた。

「——ひっ！」

驚きに胸が跳ねる。

顔面のアップ。ふてぶてしいドヤ顔。苛立ちの根源であるその男の笑みが、後光をともなって眼前に迫った。

「——よお！　待たせたな！」

パシン、と二の腕を叩かれる。その衝撃で、スマホが投げ出される。

ガシャッ
「……ああ！」

私はあわてて地面に転がったスマホを拾い上げた。と同時に、血の気が引く。画面全体に、まるで巨大な蜘蛛の巣のような亀裂が走っていた。

「……ちょ、うそでしょ！」

「ああ、わりいわりい」

私は目を見開いて振り返った。

信じがたいことに治五郎は、悪びれもせず微笑み、長い白髪をぼりぼりと掻きむしり、この暑さにもかかわらず着込んだ羽織を、バッサバッサとあおいでいる。

「……ちょっ！　どうしてくれ――」

「ここでゴキを待ってるんだろ？」

間髪入れずに治五郎が言った。

まったく、頭にくる。人の愛息子を、そんな呼び方で――

「待っても無駄だぞ涼代《すずよ》。ゴキな、ここには来ねえよ」

――え？

何気ない口調が、私の全身を硬直させた。

私は、治五郎を凝視した。治五郎は、軽い調子でうなずいた。

剛紀が、ここに来ない？　――なぜ？

なぜ、来ない？　大事な説明会なのに。引きこもりから立ち直る、最後のチャンスなのに。それは剛紀だって、知っているはずなのに。

私は無意識にスマホのボタンを押す。画面は変化しない。何度も押す。変化がない。

「何をやってる。いくぞ涼代」

忌まわしい声が、セミの声に重なる。

「連れてってやるよ。ゴキの逃げ込んだ場所へよ」

私の指が、何度もボタンを押す。血の気が引いた頭に、血流が戻る。頭皮が熱くなる。顔が赤くなっていくのがわかる。

うつむいた視線の先で何かが落ち、地面にじわりとシミが広がった。

――汗が、したたりおちる。

2

――六日前――


渋谷の東急ハンズ。

以前はその豊富な品揃えに心を躍らせながら、足しげく通っていた。けれども近頃はすっかり通販慣れしてしまって、来るのは久しぶりだった。

ガーデニング用品のコーナーを、ぶらぶらと眺め歩く。ネットの通販サイトを隅々まで見ている涼代にとって、もはや真新しいものを見つけることはできなかった。

それよりも――

涼代は緊張した面持ちで、店内を何気なく見渡す。

ガーデニングをはじめてまだ三年。誰かに披露したくて出来心ではじめたブログが意外にも注目されるようになり、先月は雑誌にまで取り上げられた。

アラフォー向けのファッション誌。涼代は、カリスマ主婦特集の片隅に、〝注目のガーデニングブロガー〟として紹介されていた。

——誰か、私に気づくかもしれない。

この二時間、そんな心境で渋谷の街を歩いていたが、それはどうやら杞憂だったようだ。

涼代はエスカレーターを下りながら、鏡に映る全身をさりげなく眺めた。白いパンチングレースのジャンプスーツに、グリーンのシースルーカーディガンをはおっている。ハンドバッグはバレンシアガ。パンプスはジミーチュウ。

少し、意識しすぎたかもしれない。けれどもこういう時でないと、若い頃に気張って買ったブランド物に、活躍の余地がないのもたしかだ。

涼代は自嘲気味に失笑を嚙みしめ、小さく息をついた。

ばかばかしい。切らしていたキッチン用品でも買って、さっさと家に帰ろう。

エスカレーターを降り、グラス類の陳列棚を眺めながら迂回する。

その奥、包丁のコーナーに何やら人だかりができていた。男性の張り上げる声が響き渡っている。どうやら、実演販売のようだった。

そういえば、自宅の包丁はもうだいぶ古くなっている。ちょうど買い換えたいと思っていたところだ。

「ほら、どうよ？　ほら、どうよ？」

涼代は、近づきながら眉をひそめる。実演販売員の口調が、どこかおかしい。違和感を感じながらその人だかりに身を寄せ、さらに眉をひそめた。

口調を上回る、違和感。

たしかにそれは、実演販売だった。けれども、そこに立っている販売員の格好が異様だった。古びた——着物姿。

——落ち武者……？

しかも、髪が白い。肌も白い。何もかもが異様に——白すぎる。

とんとんとんとんとん
「見ろよほら、奥さんよ。とんでもなく刃離れがいいだろうが？」

それにしても——なんという口の利き方だろう。涼代はもはや苦渋に顔を歪ませながら、その一部始終を冷ややかに見つめた。

とんとんとんとんとん
その着物姿の販売員は、両手に持った包丁を一定の間隔で交互に振り下ろしていた。まるで、壊れたオモチャの鼓笛隊。涼代の目には、そのようにうつった。

「なあ、どうよ、すげえだろ？　とんでもなく切れるだろこれ！」

とんとんとんとん

得体が知れないが、たしかにあのような適当な動きでも、野菜はみるみる細かくなっている。刃離れもいいし、切れることはたしかなようだ。

「ほら、奥さんよ。買いなよほら」

奥さん、という下品な言い回しも、その無根拠な売り方も気に入らない。ところが、周囲の客がわさわさと財布を取り出し始めた。気が、知れない。

「よし、出番だ兄ちゃん。金を回収したら、それをあとで食いもんにかえて俺に寄越しやがれ!」

落ち武者が背後に向かって叫んだ。

「……はい、わかりました」

奥からエプロンをした若い男が出てきて、包丁の販売をはじめた。

——もしかして……。

涼代は察した。あのエプロンの若い男が、本物の販売員ではないだろうか。

だとしたら、この落ち武者はいったい?

おもわず眉をしかめたところで、男と目が合った。こちらを——凝視している。その目が、お前は買わないのか、と言っているように見えた。

——うっ。

気づけば、前方を取り囲んでいた主婦たちが、包丁を買い終わって次々に離散している。男と自分のあいだに、いつしか障害物がなくなっていた。

——まずい……。

黙ってきびすを返そうとしたそのとき、男がこちらへ身を乗り出した。わずか数メートルの距離。男は包丁をこちらに突きつけ、切っ先をちらちらと振った。

「おいどうした。買いたいんだろ？」

「……いえ」

「嘘をつくな。欲しくてしょうがないくせに！」

「すいません、いらないので……」

涼代はなるべく相手を刺激しないよう、柔らかい苦笑を浮かべ、会釈し、さりげなくきびすを返した。

気味が悪い。というより——怖い。

なるべくゆっくりと足を踏み出す。徐々に、早歩きに変える。エスカレーターに無事辿り着いたところで、涼代は息をついて振り返った。

——ひっ！

落ち武者が、こちらへ歩いてくるのが見えた。

その手には——包丁が握られている。

涼代は走った。振り返らずに。他の客をすり抜けるようにして、エスカレーターを駆け下りた。

――こんなことって！

あり得ない。包丁を持った着物姿の変質者が、なぜか追いかけてくる。

必死に逃げた。

一階に到着し、エントランスを走り抜け、そのまま道路に出てタクシーを捕まえた。

車に飛び乗り、行き先を告げる。告げながら、背後を振り返る。

――うそ……？

落ち武者が、ハンズから飛び出してくるのが見えた。キョロキョロと振られた首が、こちらを向いて固定する。

「運転手さん！　急いで！」

「……え、はい」

「早く！　お願い！」

車がタイヤを鳴らして発進した。こちらを追いかけてくる着物姿が、みるみる小さくなっていく。ほっと息をつき、涼代は前方に向き直った。

――いったいなんなの……？

心臓がまだ早鐘を打っている。

あの男は一体、なんなのだろう。東急ハンズの関係者とは思えない。包丁を振りかざして客を追いかける従業員など、存在するはずがない。

幸いにして渋滞もなく、車は順調に進んだ。

もう一度背後を振り返るが、歩道のどこにも、着物の姿は見えなかった。

やがてタクシーは明治通りを左折し、住宅街へと入る。渋谷と広尾と恵比寿に挟まれた、一等地の住宅街。そこで車を停めてもらった。

涼代は運転手に金を払い、タクシーを降りて伸びをした。久しぶりに繁華街へ繰り出したというのに、なぜこんな目に遭わなければならないのだろう。

涼代は見慣れた戸建ての門を開き、玄関口へと入った。

ふと、背後で車の止まる気配がする。続いて、ドアが開く音。なにやら嫌な予感がして、とっさに振り返った。

「――ちょっ？」

落ち武者が乗用車から降り立ち、こちらを見て笑った。包丁を突き出し、ゆらゆらと振る。車が、タイヤを軋ませて逃げるように発進した。その音にかぶさるように、男の高笑いが響いた。

「親切な奴がいて助かったよ。何も言わずにここまで乗せてくれた」

落ち武者のハツラツとした言葉に、涼代の全身が総毛立った。

やない。

男が、包丁をぶらぶら揺らしながら、何食わぬ顔でこちらへと歩いてくる。尋常じ

——その包丁で脅したくせに……！

——まさか、サイコパス……！

涼代は以前どこかで読んだ記事を思い出す。先天的に善悪の区別がつかない脳を持ち、残虐な殺人も平然とおこなう人種がいるという——。

どういうわけなのか——自分はサイコパスに狙われている！

「……ちょっと、待ってお願い」

足がすくんで動けない。

サイコパスは門の表札に一瞥をくれながら、かまわず涼代の眼前に立った。

「お前の名前は？　剛紀か、涼代か。表札に女の名前が二つある」

名前を口に出され、涼代の顔が強張った。抜け目ないのか、なんなのか。けれども、息子の剛紀を女だと思っている。

「……」

剛紀を巻き込んではいけない。とはいえ、馬鹿正直に名乗る勇気も出ず、言葉が喉につまった。

「涼代、だな。そんな顔してやがる。本当は涼しくなんかねえくせに」

「……え？」

「とりあえず、中へ入れろ。今日は暑くて死にそうだ」

サイコパスはニヤリと笑い――両手の包丁をなおも揺らしながら、器用に羽織をバサバサとあおいだ。

「俺の名は、治五郎だ」

玄関で履き物を脱ぎながら、聞いてもいないのに男は名乗った。

そのままずかずかと中へ入っていく。まっしぐらに、キッチンへと向かう。涼代は慌ててその後ろ姿を追った。

――いったい……？

涼代は訝しんだ。この男はどういうつもりなのだろう。落ち武者？　サイコパス？　いや――言動は不可解なのだが、そのわりに仕草は妙に自然で、淀みがない。他人の自宅へと不法侵入しているくせに、まるで知人のような振る舞いだった。

なぜ、ここまで追ってきたのだろう。自分は本当に脅されているのだろうか。

治五郎は、勝手知ったる様子でカウンターキッチンの照明をつけ、流しの前に立った。おもむろに、下の引き戸を開く。ホルダーから包丁を抜き出し、照明にかかげて刃を覗きこむ。

「やっぱりな。とんでもねえナマクラじゃねえか」

「……え？」

「だめだこりゃ。使いもんにならん」

ガチャン
古い包丁を流しに放り投げ、手に持っていたほうをホルダーに差し込む。

「さてと。包丁の宅配、完了したぞ」

「……宅配？」

「面倒かけやがって」治五郎は首を鳴らし、振り向いた。「わかってるよな？」

「……なにがですか」

「物々交換だ。飯を食わせろ」

「――は？」


それから――

なぜか涼代は、キッチンに立って食事を作るはめになった。

これはいったい、どういう状況なのだろう。自分の置かれている現状がまったく理解できないまま、涼代は冷蔵庫を開けて立ちすくむ。

「和食の気分だ！」

落ち武者はそう叫んだかと思うと、家の中を無遠慮に徘徊し始めた。涼代はカウンターキッチンに食材を並べつつ、やきもきしながらその姿を目で追う。

治五郎はまずダイニングのテーブルに座り、その上の花瓶や小物を触っては持ち上げた。立ち上がり、壁掛けの写真をつまらなそうに眺め、壁紙を爪でこすった。奥のリビングに移動し、ソファに座りこみ、テレビをつけ、大音量にした。立ち上がり、リビングボードやチェストの引き出しを端から一通り開けて回った。舌打ちし、腰を叩き、あくびをしながら、視線を窓の外へとうつした。

――あっ
治五郎が窓辺へと歩み寄る。

「ちょっと待って……」

涼代はたまらずキッチンを飛び出し、リビングへと駆け込んだ。

治五郎はすでに窓を開け放ち、裸足のまま庭へ降り立っていた。

「――ほう。見事なもんだな」

治五郎が感嘆の声をあげた。

涼代は顔をひきつらせた。

視界には、治五郎の後ろ姿と――その四方に広がる庭の全景が、うつった。

一面の砂利敷きの上に、放射状に敷きつめたステップストーン。その中央には、ギリシャ彫刻の台座の上にテラコッタ鉢が据えられている。そこからあふれ出る、燃えるように赤いサルビアの花。奥と左右の塀は、三段に連なったアンティークレンガで覆われている。その各段にぎっしりと並べられた鉢植え——咲き乱れる草花。

ガーベラ、ゼラニウム、ガザニア、インパチエンス。

ヘメロカリス、トレニア、ニチニチソウ、マツバボタン。

色とりどりの、花たち。

「こりゃ——普通じゃねえな」

治五郎が裸足のまま、ステップストーンを歩いていく。中央の台座で止まり、稲穂のように揺れる赤いサルビアを無造作になでた。

「ちょっと……！」

涼代は窓辺に駆け寄った。見られたくないものを見られたような恥ずかしさと、不用意に汚されたくないという思いがないまぜになり、涼代は——顔を赤らめた。

「——意外だな」

落ち武者が、深紅を背に振り向く。

「まさかお前が、庭師だったとは」

「——違いますけどっ！

涼代はたまらず庭に降り立った。

すると治五郎は眉を歪め、涼代の右手の足下に視線を止めた。

——やだ……！

涼代は気づき、その鉢植えを覆い隠すように右側へと移動した。

「なんだよそれ」治五郎が歩み寄ってくる。「懐かしいなあ、オイ」

ぐい、と涼代の体がどかされる。

「アジサイか」

——アサガオですけどっ！

治五郎が、屈んでそれを拾い上げた。目線にかかげ、眺め回す。

青いプラスチックの、古びた鉢植え。三本の棒と輪っかによる支柱。そこに絡みつく、薄紫のアサガオ。

「なんか、随分とみすぼらしいな」

治五郎がさもつまらなそうに言った。涼代はこたえず、鉢植えを奪い返す。

たしかに、華やかな庭の中でこのアサガオだけが異質の存在だった。まるでセレブのパーティーに紛れ込んだ、貧相な庶民のように。

「こいつだけしょぼいのはなんでだ」

「……なんでもいいでしょ」

「もしかしてアレか。ガキの夏休みの宿題ってやつか？」

涼代は顔をしかめて、鉢植えを地面に置いた。

治五郎は腕を組む。

「けどおかしいな。お前のガキ、そんなに幼くもねえだろ」

——なんでわかるの……？

涼代は耳が赤くなるのを感じ、あわてて治五郎の背後へと回った。その背を押し上げ、庭からリビングへと追い立てる。

「勝手にここへ降りないで。花にも触らないでください！」

「ふん。庭師のプライドってやつか」

——違いますけどっ！

「まったく……なんなの！」

涼代はいつしか、治五郎を睨みつけていた。何も知らないズブの素人に、気安く作品に触れてほしくはない。涼代は治五郎をリビングへと追い返し、ピシャリと窓を閉めた。

「食事ができるまで、そこに座って待ってて」

「うるせえな。耳元で騒ぐな」

「食べたらさっさと帰ってください」

涼代はそう言い捨て、キッチンにもどった。カウンター越しに治五郎を見やる。

着物姿がソファに寝転ぶのが目に入り、うんざりしてため息がもれた。

塩麹に漬けたカレイのバター焼き。ご飯と味噌汁、海藻サラダ。皿をダイニングテーブルに並べながら、なぜこんなことをしているのかを今一度いぶかしむ。

「ほう。いい匂いだ」

――何を偉そうに！

涼代は渋面もあらわにキッチンへと舞いもどり、腕を組んだ。

「お前は食わないのかよ」

――お前……？

「食べたらさっさと出ていって」

治五郎は涼代のトゲのある声にもまったく動じない。嬉しそうに箸をとり、カレイをむしり取るようにして口に運んだ。ふと、その腕に違和感を感じる。

着物の袖から伸びる手首に、金属の光がちらついていた。似つかわしくない、若者向けのアクセサリー。どうやらそれは――銀製のブレスレットのようだった。

「おい！　なんだよこれは！」

突然、治五郎が声を張り上げる。

「……え、なに……？」

涼代はおもわず身を乗り出した。何か手違いが？　まさか虫でも入っていたのだろうか。もしくは、塩けが強すぎたのか。

「ちくしょう。べらぼうにうめえぞ」

「……え」

あっけにとられた涼代を無視して、治五郎はすごい勢いで飯をかきこむ。

「信じられん。こいつはべらぼうだ」

治五郎は唐突に、箸を涼代のほうへ突きつけた。

「庭師にしとくのはもったいねえ！」

さああ、と顔が赤らむのがわかった。とっさに冷蔵庫を向き、ドアを開けてやり過ごした。

料理を褒められたのは――いつぶりだろうか。そういえば、食事についての感想を聞かなくなって、随分と久しい。冷気を顔に浴びながら、涼代は場違いな高揚を感じる自分に気づいた。

失笑し、おもわず首をふる。その背に、治五郎がつぶやくように言った。

「お前、旦那はこの家にいねえのか」

「……は？」

振り返ろうとする前に、涼代の体がこわばる。

「いや、あまりにも男の気配がなさ過ぎるからよ。ここはまるで、おなごのママゴト部屋みてえだ」

――おなごの……ママゴト?

「かといって別れたわけでもなさそうだし。どうなってんだ、旦那はよ」

「なんでアナタにそんなこと……」

「仲悪いのかよ」

――悪いわけじゃ……ない。

涼代はため息をついて、治五郎を振り返った。

「……仕事で大阪に行ってるの。単身赴任ってやつよ」

「なに――短小?　避妊?」

涼代は目をむいた。

「……アナタ、頭おかしいの……?」

ずず、と味噌汁をすする音。サイコパスは満足げに息をついた。

「なるほどな。どっちにしろ、いいご身分じゃねえか。いいとこの大学でて、いいとこの会社に入って、いいとこの男と結婚して、さっさと子供産んでよ――悠々自適な生活ってわけだな」

――なんでそれを……!

涼代は身を乗り出し、とっさにリビングをのぞき込む。さきほどまで治五郎がいたソファに、ファッション誌がばらまかれていた。駆け寄ると案の定、付箋の貼られたそのページが広げられている。

カリスマ主婦の特集。その――片隅。

「俺からしたら、見当つかねえ人生だな。楽しそうでいいじゃねえか」

「……楽しそう？　どこが――」

涼代は誌面に目を走らせ、歯を嚙む。何度も読み返した記事。

そこには涼代のガーデニングライフや主婦ブロガーとしての側面が書かれていたが、同時に、これまでの略歴も紹介されていた。

都内の有名大学を卒業し、国内では中堅の総合商社に就職。そこで出世頭だった夫と出会い、人生初めての恋に落ち、結婚した。入社後わずか一年半で寿退社。その半年後、二四才で出産。元来キャリア志向だった涼代のパーソナリティはそこで大きく矛先を変え、華やかな家庭を築く――憧れの主婦像へと取って代わった。

涼代は深くため息をつく。雑誌をたたみ、書棚へと戻す。

前面に表紙を立てかけるタイプのブックシェルフ。開き戸の奥に隠しておいたはずの、世界遺産や海外旅行の本までもが――辺りに散乱していた。

「旅が、好きなのか」

治五郎の声に、一瞬どきりとする。

——余計な、お世話だ。

こたえる必要などない。

涼代は黙々と本を元の位置にもどし、立ち上がった。キッチンにもどりながらテーブルを見やると、ちょうど治五郎が箸を置くところだった。

左手を首の裏側に回し、上下に動かしている。その手には、棒のようなものが握られている。孫の手で——背中を掻いているかのように見えた。

——え……？

涼代はもう一度リビングへと取って返した。ブックシェルフの脇に目を走らせる。

たてかけてあったそれが——ない。

「——ちょっと！」

涼代は治五郎の手から、それを引ったくった。それは断じて、孫の手などではない。

「なにやってんの……！　これ、バイオリンの弓なのよ！」

「——弓？　その棒が？」

「……ふざけないでよ！」

その弓は、母の代から大事にされてきた、いわば家宝のようなものだった。

涼代は幼い頃からさまざまな習いごとをしてきたが、バイオリンはとくに母親の期待が強く、そのせいで幼少時の記憶の大半を占めていた。実際はいっこうに上達せず、途中でやめてしまうことにはなったが、だからこそ少なからぬ思い入れがある。

なによりこの弓はとても高額で、希少であり、母親が一生懸命――

「だめだ、かゆい。貸してくれ」

治五郎が悪びれもせず、手を差し出してきた。

「だからこれは！　孫の手じゃ――」

涼代はうんざりと吐き捨て、きびすを返した。リビングにもどり、元にあった場所へと弓を立てかける。

いい加減、我慢ならない。涼代は振り返り、腰に手を当て、敢然と言い放った。

「食べ終わったらさっさと――」

バン！

涼代の声を打ち消すように、治五郎がテーブルを叩いて立ち上がった。何かを決起したように大きくうなずき、声を荒らげる。

「――よしわかった！」

「……なに……が？」

治五郎は不敵な笑みを涼代に向けた。

「お前、料理はうめえ、花いじりも得意、そんでもって綺麗好き――なかなかの女だなオイ！」

——え……？

「だったらしかたがねえ。お供してやるよ！」

「……はい？」

涼代は立ち尽くしたまま、呆然と目を見開く。

治五郎は羽織をバサリと振り、ニヤリと口を歪めた。

「安心しろ。しばらくのあいだ、世話になってやる」

「なに——言ってるの……？」

「俺の勝手だ。気にするな」

——いったい……どういう……

がたんっ
そのとき、階上で物音がした。涼代はとっさに眉をしかめる。

「なんだ？ 誰かいるのか」

治五郎が、天井を見上げた。

「……いや——」

涼代も口に手をあて、つられて天井を見上げてしまう。

——剛紀が……起きたのかも。

「娘だな？」治五郎が満面の笑みで振り向いた。「年頃の娘がいるんだな！」

言い終える前に、治五郎の体が動きだしていた。

「ちがう！　ちょっと待っ――」

涼代が止める間もなく、玄関脇の階段のほうへと向かっていく。

――だめ！　やめて……！

涼代は心の中で悲鳴をあげた。あわてて治五郎の後を追う。

「……なんなの……！」

――いったいなんなの、この男！

階段を駆け上がり、登りきり――心中の悲鳴が声に変わった。

サイコパスが――息子の部屋の前で立ち止まっていた。

3

「ここが――年頃の娘の部屋か！」

廊下の先、右側の部屋。治五郎が――ドアに手をかけた。まるで、舌なめずりでもしているかのように、涼代の目にはうつった。

「……ちがう！　やめて――」

涼代は階段口で立ち止まり、たまらず小声で叫んだ。剛紀が部屋にいる以上、大声を出すことすらはばかられる。

この家のつくりとして、各部屋のドアに鍵は取り付けられていない。むしろそのせいで、これまで幾度となく揉めてきた。今となっては固い暗黙の了解として、無断でドアを開けることは禁止されている。部屋に近づくことすら、抵抗がある。

それなのに――治五郎はなんの躊躇もなく、いきなりドアを開け放った。

そのままズカズカと中へ入っていく。

「――あ！」

治五郎と、中にいる剛紀が、同時に叫んだ。

「……なんだよ男かよ！」

治五郎が吐き捨てるように言いながら、後ろ手にドアを閉めた。

バタン……！

涼代は階段口から、動けずにいた。

青ざめる。口に手を当てる。耳を澄ます。部屋の中から、もぞもぞとくぐもった話し声が聞こえる。ガタリ、と物が動く音。剛紀の緊張したような声。かははは、という下卑《げび》た笑い。

――え……？

話し声の内容はわからない。けれども、どこかおかしい。

いきなり見知らぬ男が入ってきたというのに、比較的おだやかな状況——。

なぜだ。

当然、剛紀がけたたましく叫ぶか、そうでないにしてもあの変態はすぐに追い出されるはずだ。それなりの騒動になるはずだ。

涼代はそろそろと部屋に近づき、ドアに耳を近づけた。何かを話しているようだが、声が大きくないせいで聞き取れない。この家の壁やドアや窓は、夫のこだわりで遮音と断熱にすぐれている。それが仇をなしている。

涼代は、さらに身を寄せた。ドアにぴったりと耳を押しつける。

鼓膜に意識を集中した。中でいったい、何が起こっている？

がんっ
突然、大音量とともに側頭部が打ちつけられた。声にならない悲鳴をあげ、涼代はつんのめるようにして後ずさった。

「——何をしてんだ。変態かよ」

ドアの隙間から、生白い顔がのぞく。治五郎の、馬鹿にしたような目つき。

「お前のせがれが、腹減ったとよ。飯つくってやれ」

バタン……！

ドアが閉まる。ふたたび静寂がおとずれる。

涼代はこめかみをおさえながら、しばし呆然と、そのドアを眺めた。

引きこもり、という言い方が正しいのかはわからない。

剛紀は部屋にいることが多く、おそらくパソコンの前で一日中インターネットでもしているのだと思う。それでも、たまにどこかへ外出することもある。ただ、外界とのコミュニケーションを絶つようになったのはたしかだった。

剛紀は、中三になったばかりの春に、不登校になった。クラス替えをきっかけに、いじめにあったのが原因だ。

剛紀に非はない——と涼代は思う。素行の悪い生徒達が、新しい環境で自分たちの力を誇示するために、剛紀はただ単に利用された。運が悪かっただけなのだ。

だから、強く言えない。事故に遭ってしまった我が子を、責めることはできない。

もともとその件がある前から、息子との会話が減っていたこともある。だから親としてうまく立ち回れなかった——のかもしれない。

幸いにして学校側は、いじめが発覚したことで慎重になり、剛紀の不登校に対しては寛容な措置を講じてくれている。そのおかげで、高校への進学も無理のないレベルで手配してくれた。

たまたま時機が悪かっただけ。環境が悪かっただけ。今を乗り切れば、問題はない。

——問題は……何もない。

「……それにしても……」

涼代はキッチンで包丁を握りながら、ふと天井を見上げた。

何をしているのだろうか。あれほど異常な人間が不法侵入してきたというのに、剛紀も自分も——いったい何をしているというのか。

——まさか、受け入れている？

涼代はガタン、と皿を乱暴においた。ぴしっ、と亀裂が入る。これまで、皿を割ったことなどない。

——もう……！

涼代はことさら大きなため息を吐き、気を静めようとキッチンを出た。ダイニングを抜け、リビングに入る。窓辺に寄り、庭を眺める。時刻は一九時を回ろうとしていたが、真夏の日差しは今ようやく衰えはじめたところだった。

それでも草花は、輝いて見える。

自分はいったい、何に対して苛々しているのだろう。あの男はおそらく、関係がない。今に限らず、ずっとそうした心境だ。

傍目から見れば、自分たちは幸せそうな家庭だったはずだ。今だって、そう見えるかもしれない。夫は一流商社マン、一戸建てのマイホーム、溺愛して育てた息子。妻は——家事が得意で、趣味にも長け、ファッション誌にも取り上げられるほどの羨まれる存在。

けれども蓋をあけてみれば——ここにはいったい何があるのだろう。あるべきものが、あるだろうか。

息子に対する、夫に対する、抱くべき感情が——私には残っているのだろうか。

目を閉じ、息を吐く。何もかもが、うまくいかない。いつからか、うまくいかなくなった。

涼代は目を開け、ふたたび庭を見た。その瞳が、無意識に細まる。

中央の、燃えるように赤いサルビア。足下の、淡い薄紫のアサガオ。わずかな愛おしさが、心に宿る。手塩にかけて育てた、草花たち。

小学生のころの剛紀は、とても明るくて好奇心があった。夏休みにアサガオを育てたときは、驚くほど夢中になった。一緒に笑いあいながら、毎日欠かさず観察日記をつけた。支柱にそって、思い通りに育っていくアサガオを——いつもキラキラとした目で見つめていた。その横顔が、脳裏に焼き付いている。

今となっては決して見ることのない、まばゆいばかりの輝きを。

「——オイ！　なにを惚けてやがる」

ふいに、背後で叫び声が上がった。

振り返ると、治五郎が——うんざりするような着物姿が、ダイニングで仁王立ちしている。そして、その横には、あろうことか——

「……剛紀！」

能面のように無表情な顔が、そこにあった。

どういうことだろう。剛紀が下に降りてくるなんて。

涼代はダイニングテーブルに皿を並べながら、横目で我が子の顔を盗み見た。相変わらずの無表情で、何を考えているのかはうかがい知れない。それはいつも通りのように見える。けれども普段だったら——夕食はだいたい一九時頃に涼代が二階の部屋まで持っていき、二度ノックをして、ドアの横に置いてもどる。もしもまだ空腹でない場合、事前に剛紀からひと言メッセージがくる。「二〇時頃」とか、「今日はいらない」とか。

こうして下までおりてきて、一緒にテーブルを囲むのは——随分と久しぶりだ。

——いったいどういう……？

涼代はいぶかしみながら、剛紀の隣に座っている治五郎を一瞥した。なぜ——そこにいるのだろう。まず、四人がけのテーブルに息子と並んで座っていること自体が気色悪い。

　――もしかして、ゲイ……？

「そんなわけねえだろ」

　目が合った治五郎が、つまらなそうにつぶやいた。

「……え？　いや――」

　心を見透かされたのかと思い、いやいやまさかと首をふり、涼代はなかば挙動不審な仕草で皿を並べた。剛紀のぶんと、自分のぶん。対面に二人分を並べ終えたとたん、治五郎がまた口を開いた。

「うまそうだな。なんだこりゃ」

　隣の剛紀の皿に、顔を近づける。涼代は眉をしかめて、つぶやいた。

「豚ロースのマヨネーズ和えと――」

　――はあ……？

　治五郎が手を伸ばし、剛紀の皿を次々に自分の手元へと引き寄せた。

「ちょっとアナタ……ついさっき食べたでしょ――」

「うそでしょ……」

　涼代が言い終える前に、すでに治五郎は箸を取り、肉を口に放り込んでいた。

「おい！　なんだよこれは！」

続けざまに治五郎が叫ぶ。その声に、となりの剛紀がびくりと身を打った。

「これまた、べらぼうにうめえぞ！」

剛紀の頰が、わずかに歪む。ほんの一瞬、不安そうな目で涼代をちらりと一瞥する。

涼代はため息をつき、自分の席に置いた皿を剛紀の前に並べなおした。剛紀は何も言わず、箸をとって肉をつまみはじめる。

まったく、わけがわからない。

涼代はなんとなく居場所を失い、カウンターキッチンの中へと引っ込んだ。

二人の食べている様子を眺める。

ガツガツと、黙々と。まるで対照的な二人の食べ方。

剛紀の様子をじっと見つめる。何食わぬ顔で、当たり前のように食事をしている。

そのすました感じはいつも通りで、涼代もいつも通り、若干の疎ましさを感じた。

まるで、能面。家族や学校や、世間全般に、一切の関心を払わなくなった人間。

息子というより、扱いづらい他人のような。剛紀自らが、そう接してほしいという要求を全身から滲ませている。自分にかまうな、何も言ってくるな、という拒絶の壁。

見えないけれど、それは強固だ。その壁を、とても疎ましく感じる。

いつからだろう、こうなったのは。

中学に上がった頃だろうか。小学生の頃は、こうじゃなかった気がする。

気がする……？

ふいに、涼代の背筋に寒気が走った。自分もいつからか、剛紀に対する関心が薄れていった――そんな可能性はないだろうか……？

「オイ！　おかわり！」

白い髪を振り乱したサイコパスが、高々と茶碗を宙にかざした。反射的にそれを受け取りにいき、涼代はキッチンに戻って白米をよそった。茶碗を変質者に手渡しながら、おもわず剛紀の顔をのぞき込む。

「……ねえ、剛紀。大丈夫……？」

小声で遠慮がちに問いかけるが、剛紀からは何の反応もない。かわりに、変質者が食物の入った口を大きく開けて言い放った。

「何を心配してる。問題はない」

「アナタは早く出ていってください」涼代はたまらず言い返した。「……いい加減、警察を呼びますよ」

「なんだと？」治五郎は目を見開いて、口の中のものを飲み込んだ。「――ほらほらゴキ！　今だ。言え」

――ゴキ……？　それはいったい、誰のことを指している……？

「どうしたほら。早く言えよゴキ」

狂人が、愛息子の腕を何度も小突く。

「ちょっとアナタね――」

涼代が口を開いた瞬間、剛紀がうつむいたまま、カチャリと箸を置いた。

「……お母さん。この人を――」剛紀が顔を上げ、ぼそりと言った。「しばらくここに、置いてあげて」

――え？

涼代はおもわず、息をのんだ。

それを尻目に、治五郎が剛紀にぼそぼそと耳打ちする。

（ばかやろう、なんだ偉そうに。お世話させていただきたい、だろうが！）

涼代はふたたび、息をのんだ。

――まさか……脅されている？

もしかして剛紀は、この男に弱みでも握られたのだろうか。何かまずいところでも見られたのだろうか。いずれにしても、強制的に言わされているのはたしかだ。

涼代は目をつり上げ、腕を組んだ。

「いい加減にして。もう警察呼びます！」

「いいんだよ、お母さん。お願い」

剛紀が、顔を上げた。涼代の目を見る。

「僕、この人の世話をしたいんだ」

（ばかやろう、人を野良犬みたいに）

治五郎が剛紀を小突いた。涼代の声が荒くなる。

「なんで？　こんな見ず知らずの」

剛紀がすぐに返した。

「それを僕の部屋に入れたのは、お母さんでしょ」

「入れたわけじゃ……勝手に――」

「いいから、お願い。ちょっとのあいだでいいみたいだから」

「……！」

剛紀が、涼代の目を見ている。

視線を交わすことなど、いつぶりだろうか。けれどもその瞳には、涼代はうつっていないように思えた。何も――うつってはいない。感情が、うかがい知れない。

涼代はおもわず視線をそらした。どうしていいのか――わからない。

「オイ！　おかわり！」

変態がふたたび場違いな声をあげた。またしても茶碗が宙にかかげられる。涼代は剛紀を一瞥し、治五郎を睨みつけた。治五郎は早くしろと言わんばかりに、茶碗を何度もつきだしている。

とはいえ——もしかしたらこの状況は、まんざらでもないのかもしれない。たとえ強制的だったのだとしても、剛紀がこうして食卓を囲み、言葉を発したということは——悪いことだとは言い切れない。

混沌とした心持ちになりながらも、涼代は、茶碗をひったくるように受け取った。

ピーフイィッ

どこかで、甲高い音がする。

ピーフイィッ

犬を呼ぶときのような、口笛の合図。

涼代はまぶたを開け、身を起こした。リビングのソファ。窓からの日差しに目を細め、壁時計を見やる。朝の——六時だった。

昨夜はうやむやな状況のまま、あの着物男が勝手に風呂に入りだし、そのあと剛紀の部屋に閉じこもった。涼代はいてもたってもいられず、何をしようにも手がつかず、寝ようにも寝られないし、また勝手に庭を徘徊されても困るので、リビングに居座り続けているうちに、そのまま眠り込んでしまったようだ。

涼代は立ち上がり、首を回した。大きく伸びをする。体の節々が痛い。

ピーフイィッ

また口笛が鳴った。すぐ、近くからだった。

涼代は眉間にしわをよせながら、リビングを出る。ダイニングを抜けてキッチンを曲がったところで、音の正体を発見した。

ピーフイィッ

治五郎が、玄関で仁王立ちしている。階段の上に向けて口笛を吹いている。まるで――犬でも呼ぶかのように。

「こら！　おせえぞゴキ！」

治五郎が吠えるのと同時に、階段を降りてくる足音がした。治五郎が舌打ちをし、羽織をはためかせながらドアノブに手をかけた。それを追うように、剛紀が玄関にいそいそと降り立つ。短パンに、Tシャツ姿。

「ちょっと……」涼代はあわてて駆けより、二人の背に向かってきいた。「どこ行くのよ？」

「うるせえなあ。決まってるだろ」治五郎が面倒そうに振り向く。「朝の鍛錬だ」

「なによそれ……剛紀も？」

「こいつの体、ずいぶんなまっちまってるからな。手伝わせてやる」

「何を……？」

「知らん！　外へ出てから考える」

涼代は呆然と二人を眺めた。剛紀は直立不動のまま、こちらに背を向けている。さっぱり、状況がわからない。

「……え、あの……どういうこと?」

「俺の勝手だ。気にするな」

——気にするわよ!

治五郎は剛紀の背を押しながら、ドアを乱暴に押し開けた。外へ出て、振り向きざまに言い放つ。

「俺たちは鍛錬をする。お前は飯をつくれ」

「……え?」

「え、じゃねえ! 俺たちは鍛錬をする。お前は飯をつくれ!」

……バタンッ
威勢よく、ドアが閉まる。

——はあ……?

涼代はドアに取りつき、スコープから外を見た。着物とTシャツの後ろ姿が、門を抜けて左に折れていった。ドアから身をはがし、しばし考える。瞬時に、意を決する。

朝食は、サンドイッチとサラダとスープなら五分で作れる。

涼代はサンダルをつっかけ、一呼吸おき、そろりとドアを開けた。

電柱から電柱へ。

まるでコメディドラマのおっちょこちょい役のようだと、涼代は思った。けれども、そうやって尾行する以外に方法が思いつかない。

一〇メートルほど先を歩く、二人の後ろ姿。その異様な組み合わせと、佇まい。剛紀は平気なのだろうか。自分を知る誰かに見られたら、どうするつもりなのか。

涼代はハラハラしながら、慎重に二人のあとを追う。

そういえば以前にも、剛紀のあとを尾行したことがある。剛紀は日中、たまに一人で外出することがあるのだが、行き先を聞いてもこたえない。だから何度か、あとを尾けた。けれども剛紀は、クロスバイクというスピードの速い自転車に乗って出るため、とてもじゃないが追いつけない。タクシーで追ったこともあるが、剛紀は人目につかない路地を縫うように走るため、途中で必ず見失ってしまう。結局これまで一度も、どこへ行っているのかを突き止めたことがない。

今回は目的が違うが、尾行は成立している。二人はこうして目の前を歩いている。

涼代は妙な高揚感をおぼえながら、電柱から電柱へと身を躍らせた。

剛紀は、先ほどから変わらぬ姿勢で前を向き、歩いている。それに向かって治五郎が、横から何やら一方的に話しかけていた。

あの男の目的は、なんなのか。自分に、剛紀に、この家庭に関わり、いったい何をしようとしているのか。

――不気味だ……。

涼代は電柱の陰から、素早くコンビニの駐車場へと移動する。二人は大通りへ出て、なおも歩道をブラブラと歩いていた。駐車場の塀に身を寄せ、その行方を目で追う。

「――あら……涼代ちゃん？」

突然、背後から声がかかった。同時に、車のドアが閉じられる音。

とっさに背筋を伸ばし、何食わぬ顔で振り向くと、見知った三人の家族が車から降りてくるところだった。

「奈々《なな》さん、石川《いしかわ》くん……」

涼代は仰天しながらも、平静を装って軽く会釈した。石川と奈々、その息子の樹《いつき》が、揃ったような笑顔で会釈を返してくる。

――うそでしょ……こんなときに。

「そういえば、久しぶりだよね」

石川が額の汗を拭いながら、爽やかに笑った。涼代の元同僚で、同期。かつての夫の部下の中でも、一番のはりきり者。

「……うん、久しぶり。元気そうで」

石川は、涼代が結婚したすぐ後に、同じく職場にいた女子社員と結婚した。その女子社員が、当時涼代の二歳上の先輩、奈々だった。同じ時期に結婚し、四人とも職場の仲間だったため、当時はよく食事や買い物に一緒に出かけていたのを思い出す。

「こんにちは、おばさん」

息子の樹が、人なつっこい笑顔を浮かべながら、また頭を下げた。

「うん……元気そうだね樹くん」

涼代は目を見張った。

樹は剛紀と同年齢で、小学生のころはよく互いの家を行き来していた。それが途絶えて数年が経つが、そのあいだにすっかりと外見が変わったように見える。すらりと背が高く、細身で筋肉質。元から笑顔がかわいい少年だったが、今ではまるでアイドルのように華やいで見えた。

そういえば、私立の中学に上がってからは、サッカーに夢中だと聞いた。頭も良く、運動神経も抜群、背が高くてスラリとしたイケメン。

――剛紀とは……正反対。

不覚にも、そんな感想を抱いた。

「なに、いま一人なの？」

奈々が、はにかむように笑った。

「……うん、まあ」

何気ないそのひと言に、涼代の胸がざわついた。

なに、いま孤独なの?

そう言われたような気がした。それは馬鹿げた被害妄想だと思いつつも、無意識に表情が強張る。

かろうじて肩をすくめてみせながら、涼代は苦笑を浮かべて言った。

「ほら、うちの人はずっと大阪だし、うちの子も夏休みでどこかに——」

「いやほら、こんな朝早くだから、何してるのかと思ってさ」

奈々は柔らかい微笑みを浮かべる。かつての優しい先輩像は、今もなお健在だった。

涼代は内心うなだれる。日常が独りぼっちだという話なんかじゃない、単にいま一人でどこへ行くのか、ということを聞かれているのに。

「買い物、買い物。朝食のね……。そっちは……家族揃ってお出かけ?」

「いや、いま帰ってきたところなの。樹が来週からサッカー部の合宿でさ。受験だっていうのにもう、部長だから強制参加なのよ。だからその前にってことで、早めに家族旅行にいってきた」

「家族旅行……?」

涼代の胸が、またざわつく。

「うん、近場でね。サイパンよ。お金ないから格安ツアーで」

奈々が恥ずかしげに石川に目配せをし、石川がそれを受けて笑った。

「ほんとな。安いだけあるよ。だからこんな早朝に帰ってくる羽目にね」

「もっとゆっくりしたかったよ」

樹が口を挟み、奈々がその肩を叩く。

「なに言ってんのよ。あんた、最初は早く帰りたがってたくせに」

「不潔な国だなと思ってたけどさ、そんなのどうでも良くなっちゃったし」

「虫でも食わされると思ったか？」

石川が高らかに笑い、二人が追って爆笑した。

涼代は衝撃を受けていた。一種の、カルチャーショック。親子が何の垣根もなく、互いに笑い合っている。――しかも、爆笑している。

「――あ、ごめん涼代ちゃん。そろそろ行くね」

奈々が目尻をぬぐいながら、朗らかに言った。

「受験終わって落ち着いたらさ、また剛紀くん連れてどっか行こうよ」

「……え」

「今は大変だろうけど、また久しぶりにさ」

「うん……そうね」

——今は大変だろうけど……。

じゃ、またね！

奈々がそう言うと、石川がさっそうと運転席に乗り込んだ。樹が小走りで助手席に手をかけると、奈々がそれを弾き飛ばし、樹がまたそれを押し返した。

そうして、母と子の妙な押し合いが始まった。

涼代には最初、それが何をしている場面なのかわからなかった。

樹が高らかに笑って助手席に滑り込み、奈々が悔しげに後ろのドアを開けたとき、ようやく気がついた。

——助手席の……取り合い？

涼代は唖然としながら、それを見送った。

そんなにも……楽しいの？　三人で、車に乗ることが？

涼代が呆然と立ち尽くしていると、三人を乗せた車が軽快なクラクションを鳴らし、目の前を過ぎていった。


涼代はコンビニの駐車場を出て、大通りの歩道を歩いた。治五郎と剛紀の姿は、もうどこにも見えない。尾行をしていた高揚感など、とうに吹き飛んでいた。

道路を行き交う車の熱気に、おもわず顔が歪む。すっかり汗ばんだ体に、排気ガスがまとわりついてくる。

——嫌だ。

涼代は路地を折れ、帰路に続く道を黙々と歩いた。閑静な住宅街。人けはほとんどない。辺りが静かになったのと同時に、先ほど目の当たりにした光景が——脳裏をちらつきはじめる。

自分は、あの石川の敏腕上司と結婚した。

向こうは共働き、こちらは専業主婦。時間的にも気持ち的にも余裕があり、だから子育てにも人一倍の愛情を注いできたつもりだ。

五年前までは、向こうがこちらを羨んでいたはずだ。いや、今でも事情を知らずに、まだ羨んでいるのかもしれない。

どこで、失敗したのだろう。どこが、分岐点だったのか。

涼代は汗をぬぐう。セミが、うるさい。

ピーフイィッ
そのとき、聞き覚えのある口笛が——真っ青な空に響きわたった。

涼代は立ち止まり、耳をすませた。

前方で交差している、広めの道路。その左側から、人の話し声がする。

息を詰めて交差点に近寄り、塀の角からその先を覗き見た。

「――だから大丈夫だって言ってんだろ。嬉しがってるじゃねえか」

ピーフイィッ
――いた……！

涼代の胸が、急激に高鳴った。目をこらし、状況を確認する。

歩道のない二車線道路。その五メートルほど先に、三人の人間が立っている。治五郎と剛紀、それに若い女性。女性は二〇代前半だろうか。小型の犬、おそらくチワワを連れており、手にはリードを握っている。そのリードを治五郎もつかみ、引っ張りながら、なにごとかを喋っていた。

「――まかせろって、大丈夫だから」

ピーフイィッ
犬に向かって口笛を吹く。

「――な、喜んでるだろ、犬」

チワワが、まるで猫の威嚇のように身を縮め、毛を逆立てている。治五郎はかまわず女性の手からリードをひったくった。とたんにチワワが跳ね回り、キャンキャンと狂ったように吠え立てる。

「――かわいいやつだ。嬉しさのあまり、踊ってやがる」

治五郎はそのリードを剛紀に押しつけ、女性に向きなおった。

「――てことでよ、毎朝この坊やに三〇分、犬の散歩をさせる。あんたはだから、ゆっくり家で寝ていればいい。そのかわり、終わったらこいつに褒美として何か食い物を頼む。約束だぞ」

治五郎は片頬を歪めて笑みを見せた。女性はひきつったような顔のまま、直立していた。蛇に睨まれた蛙のように、異形の姿に目が釘付けになっているようだった。

治五郎はかまわず歩き出す。通りの向こうへ。歩きながら振り返り、口笛を吹く。

ピーフイィッ
剛紀の体が反応し、動き出した。チワワがキャンキャンと跳ね回り、抵抗する。強引にリードを引っ張り上げながら、剛紀は治五郎のあとを追った。

やがて左に折れ、路地を曲がる。

女性は一人取り残され、それでもなおその場に立ち尽くしていた。

「……なに……？」

涼代の口から、無意識につぶやきが漏れる。

――犬の散歩の……代行？

涼代は目を細めながら、二人のあとを追いかけた。女性の横を何気ない足取りで過ぎる。

二人が曲がった地点を、慎重にゆっくりと曲がった。通りの先で、さらに右に折れる二人の姿が見えた。とにかく追う。

きゃんきゃんきゃんきゃん

塀に身をすり寄せると、数メートル先で二人は立ち止まっていた。チワワがパニックになったように飛び跳ねている。剛紀がリードに振り回されている。

「じゃかましいっ！」

治五郎が鬼のような形相で、チワワを捕まえようとしゃがみこみ、すくい上げようとする。チワワがそれをよけ、きゃんっと吠える。ブンッ、と両腕ですくい上げる。よけて吠える。その動作が、繰り返される。

ブンッ　きゃん

ブンッ　きゃん

ブンッ　きゃん　きゃん

――なに……やってんの？

それはまるで、阿波踊りのように見えた。

「……ぬおっ？」

突然、治五郎が体勢をくずして派手に転んだ。何かを踏んづけてすべったようだ。

「ああーっ！」

治五郎は跳ね起き、足を持ち上げて、履き物の裏側を確認した。

「こいつ！　クソ垂れやがったな！」

きゃんきゃんきゃんきゃん
治五郎はチワワに突撃するが、チワワは跳ね回ってそれをかわす。その激しい動きで、リードが剛紀の手から離れた。

「てめえ……殺すッ！」

チワワ、逃げる。治五郎、追いかける。二匹の動物がこちらに向かってくる。

――ひいっ……！

涼代はとっさに身を縮めた。身をひねって塀にへばりつく。

交差点を過ぎて反対側の奥へと跳ねていくチワワ、それをバサバサと着物をはためかせて追う治五郎、一拍おいてそれにつづく剛紀。目の前でそれらが駆け抜けていく。

――ふう……あぶなかっ
「……ええ？」

ほっとしたのも束の間、チワワが道の向こうで突然反転し、こちら側に戻ってきた。

涼代は目を見開く。チワワと、目が合っている。

「……やだ！」

涼代は地を蹴った。全速力で、走った。もときた道を引き返す。

きゃんきゃんきゃん

路地を抜け、二車線の道路へ。先ほどの女性はすでにいない。後ろを振り返る。

きゃんきゃんきゃん

――ついてきている！

心臓が口から飛び出しそうになる。

犬に追いかけられる恐怖。剛紀に見つかるかもしれない恐怖。気のふれた変質者に対する恐怖。

――こないでえっ！

経験したことのない様々な恐怖が――涼代の体を突き動かしていた。

4

熱いしぶきが、ふりそそぐ。

首から鎖骨、肩、胸、臀部――素肌をとめどもなく流れていく。

身体を反転させ、ほとばしる水流をうなじに当てる。肩から背中へ。尻から内ももへ。身体から滲み出た粘りけが、熱いお湯によって洗い流されていく。

しばらく当たった後、温度を下げる。徐々に下げていき、真水のレベルにまで水温を落とす。皮膚が、血液が、冷えていく。

「……まったく……」

涼代は、無意識につぶやいた。

――汗を……かきすぎた。

シャワーを止め、しばしうつむく。

しずくが身体を滑り落ちていく感触。皮膚の表面に意識をかたむける。ふつふつと、鳥肌が立っていく。まとわりついていた汗は、綺麗さっぱり流れ去った。

涼代はバスルームを出て、脱衣スペースでタオルを手に取った。

髪を揉むようにして水分を拭う。ウェーブをかけた黒髪。タオルでふきながら、指どおりと潤いをチェックしていく。手を止め、毛先のラインも確認する。

そのまま全身にタオルを這わせながら、洗面台の前へと移動する。顔と全身。顎と胸のライン、二の腕と腰回り、下腹部から臀部。一通り眺めて、小さく息をついた。

三〇を過ぎてからは、体型を維持するのに努力がいる。四〇を前にすると、その難易度が飛躍的に上がる。それでも、涼代は体型をずっと維持してきた。これ以上はきっと、望めない。

――でも……なんのために？

涼代は、鏡の前で無表情を保ちながら、心で失笑をもらす。

どうでもいい疑問だった。醜いよりは、美しいほうが良いにきまっている。ふたたび、全身の隅々にタオルを這わせる。

早朝から、妙な目にあった。

追いかけてくる犬を全力でふりきり、剛紀や治五郎の目をかいくぐって、なんとか家にたどりつき、それからすぐに朝食の用意をした。卵とハムのサンドイッチと、ポテトサラダ、コンソメスープ。

けれども、一〇分待っても二人は帰ってこなかったため、こうしてシャワーを浴びはじめた。

あんなに走ったのはいつぶりだろう。とにかく、汗だくになった。

涼代は下着を手に取る。わずかに屈んで、その純白のレースに足首をとおす。

そのとき、ようやく玄関のほうで物音が聞こえた。

……ば……たん
遠くでドアの閉まる音がする。どうやら、やっと帰宅したようだ。

……どたどたどた
足音が慌ただしく近づいてくる。

――え……?

がちゃっ

「……ひゃあああっ！」

涼代は悲鳴を上げた。あわててタオルを身にまとう。

「ちょっ……なに？」

「いたのか！　うるせえな」

治五郎が、ドアを開けて立っていた。汗でぬめった顔面が、ニタリと歪む。

「……やだ」

治五郎の視線が、動いた。なかば血走った目が、涼代の全身を睨《ね》め上げる。

「――ふん」

――ふんって……なに！

その視線が、バスルームへと向く。

「そこをどけ。お湯を使う！」

言いながら、ズカズカと入ってくる。涼代はバスタオルをたくし上げ、またしても悲鳴をあげた。治五郎はかまわず横を過ぎ、バスルームの引き戸を開く。

そしてそのまま中へと踏み込み――ガシャン、と引き戸を閉めた。

「……うそ……？」

涼代は息をのんだ。

――着物を、着たまま……？

その直後――しゃあああ、というシャワーの音と、あっちいい、という治五郎の声が、同時にバスルームにこだました。

翌日も、その翌日も――。

そうした不可解な状況がつづいた。

得体の知れない日々。

朝になると、剛紀と治五郎は連れだって外へと出ていく。二人は何事かを話しながら街を練り歩き、行き当たりばったりで奇妙奇天烈な行為に走る。

一昨日は、そばを流れる渋谷川に出向き、二人で川面を延々と眺めていた。

橋の上から糸を垂らし、その先を神妙に凝視し――どうやら、何かを一心不乱に願っているようだった。

近寄って話し声を盗み聴いた涼代は、そこで我が耳をうたがった。コンクリートに囲われたこのようなドブ川で――ブラックバスなどという魚が釣れるはずもなかった。

昨日は、広尾にほど近い高級住宅地で、老婆を標的にしきりに話しかけている二人を見つけた。

さすがに不穏な空気を感じ、涼代は固唾をのんでそれを監視していたが、やがて剛紀が、腰を折った老婆の手をとり、背中におぶりはじめた。そのまま自宅まで送り届けるさまを見て、涼代は内心胸をなでおろした。

まんざらでもない、という気持ちで帰路につくと、通りの向こう側を横切る治五郎を発見した。彼は、セントバーナードとおぼしき大型犬の背にまたがり、羽織をバタバタとはためかせ、まるで本物の落ち武者のように通りを駆け抜けていった。


「いったい……何をしているわけ？」

あるとき、帰宅した二人に向かって、涼代はたまらず詰め寄った。

二人はすでに朝食も昼食も家ではとらなくなっている。外で獲得するようになったからだ。帰るなり部屋にとじこもり、夕食時以外はそこから出てこない。だからその前につかまえて、部屋に上がっていくところを問いただした。

「毎日剛紀を連れだして、何を――」

「だから、鍛錬だよ」

治五郎は誇らしげに言った。

「鍛錬って、なんなのよ」

「だからよ、この世知辛い世間を生き抜いていく術、そいつを叩き込んでるのよ。ここに――な！」

ぼすっ　ぼすっ

見ると、治五郎は拳で自分の胸の辺りを叩いている。これまで以上に満面なドヤ顔に、涼代の頬が痙攣反応を示した。

涼代は、先日抱いた疑問を思い出す。

この男の目的は、なんなのか。自分に、剛紀に、この家庭に関わり、いったい何をしようとしているのか。その答えはすでに、明白だった。

治五郎は、何もしようとしていない。ただ食べて、寝たいだけ。

そのために、剛紀とこの家を利用している。

幾たびかの、早朝。

涼代は木陰に身を潜めながら、すばやく木々のあいだを移動していた。あいかわらず、セミがうるさい。涼代は気をつめて気配を殺し――視線の先を探った。

大丈夫。この黒いスウェットスーツならば、向こうから目視されることはまずない。

そしてセミの声がうるさいせいで、こちらの足音もけっして届きはしない。

涼代は次のアクションに備え、妙に慣れた動作でゆっくりと膝をついた。

宝泉寺――。渋谷の街にたたずむ、わずかばかりの自然区域。

視線の先では、境内の広場を囲むように、木製のベンチが点在している。そのひとつに、剛紀がおだやかに座っていた。

――今日はいったい、何をするつもりなの？

涼代は木陰に身を寄せたまま、広場の隅々へと視線を散らした。

剛紀のほかに人はいない。木々に囲まれた広い空間に、鳩がぽつぽつといるだけだ。

……おかしい。治五郎の姿が――ない。

――追いつくのが遅すぎたか……。

歯を噛み、剛紀に視線をもどした。

剛紀は、ベンチにゆったりと背を預けながら、ポケットに手を突っ込んだ。

何か――ビニールパックのようなものを取り出す。封を開け、中身を手に取り、ふいに数メートル先の地面へと放った。

クルックゥ
とたんに、広場全体に散らばっていた鳩たちが動いた。首を振りながら、いっせいに剛紀の前へと殺到してくる。

クルックゥ
鳩が群がり、ばらまかれた何かを懸命についばみはじめる。

剛紀は――無表情だった。それはまるで、老人のような穏やかな面持ちに見えた。

優雅な手つきで、なおも鳩たちにエサをふるまっている。

クルックゥ　クルックゥ

涼代は、心なしか表情がほころんだ。見たことのない、安らかな情景。自分の息子に、こんな素朴な一面があるとは思わなかった。

エサを放る、剛紀。その、静かな横顔。とても平和な風景。

そこへ突如——不穏な雄叫びがこだました。

「ごるあーっ！」

耳をつんざく叫び声とともに、空中で何かがぶわりと広がった。黒っぽい、巨大な蜘蛛の巣のようなもの。慌てて飛び立った鳩たちが、一斉に絡め取られて地に落ちた。

——網……？

地面に広がった網の中で、絡まった鳩たちが騒ぎたてる。

グルッグゥ

バサバサバサ

グルッグゥ　グルッグゥ

何匹いるのか——一〇匹？　二〇匹？　とても、見ていられない。

——いったい……。

「……何してるの！」

涼代は叫びながら、おもわず広場へと飛び出した。

どこからか現れた治五郎が、網をたぐり寄せながらこちらを向く。

「なんだよ涼代！　ついてきたのかよ気持ちわりい！」

涼代は走り寄りながら、剛紀の不安げな視線に気づいた。顔をしかめながら、涼代の顔ではなく黒いスウェット姿を凝視している。

――なによ……。

涼代はふいに羞恥の念にかられ、わずかに距離をとって立ち止まった。

「ちょっと……何してるのよ！」

涼代の震えた声に、治五郎はハツラツとこたえる。

「見てたかよ、この網さばき！　見事に成功したぞ！」

「いや……だからその鳩をどう――」

「決まってるだろ、物々交換だ。そのへんの中華屋に持っていく」

「……え？」

「鳩は、連中の好物だからな」

涼代はわけがわからず、一瞬言葉を飲み込んだ。

となりの剛紀に視線をうつす。剛紀は、気まずそうに目を伏せた。

「まさか――その鳩を食べるの？」

グルッグゥ

バサバサバサ

グルッグゥ　グルッグゥ

治五郎が網を巻き取りながら、呆れたように言い放った。

「おいおい、何言ってんだ。こいつはれっきとした鶏肉だぞ。日本じゃ勝手に平和の象徴にしたてあげられてて、みんなそれを信じてるらしいが、中国じゃ単なる食いもんだ」

「うそでしょ……」

「うそじゃねえよ。……まったく、お前の悪い癖だな」

——悪い癖？

治五郎は手を止め、立ち上がった。

「——いいか涼代。みんなが口を揃えてそう言ってるからって、勝手にそれを正しいと思い込んでんじゃねえぞ。全く違う見方だってあるんだからよ」

——はあ……？

「いくぞゴキ！　もう耐えられねえ。腹が減りすぎているッ！」

治五郎は無造作に丸め込んだ網を、まるでサンタクロースのように肩にひっ下げた。

こちらを振り向きもせず、そのまま颯爽と歩き出す。

ピーフイィッ

剛紀が立ち上がり、それに続く。歩きながらチラリとこちらを振り返ったが、無表情のまますぐに向き直り、そのまま歩み去ってしまった。

――悪い癖？　全く違う見方？

涼代は広場で立ち尽くし、やがて地団駄をふんだ。

――私の何を知ってるっていうの！

気配の消えた広場に、セミの鳴き声だけが響きわたる。太陽はすでに空高く、真夏の日差しが容赦なく照りつけてくる。

じわり、と汗がにじむ。急激に体が脱力し、視界がやや霞む。ベンチにふらふらと歩み寄り、そのままドサリと座り込んだ。

なにをしているんだろう。こんなことをしている場合じゃない。もうすぐ、高校の説明会だってある。剛紀も――あんな変人や、犬や鳩と、のんきに戯れている場合じゃない。

剛紀はいったい今、どんな心境で毎日生活しているんだろう。あいかわらずの無表情だから、こんな状況になってもなお、内面がうかがい知れない。

――昔は、そんなんじゃなかった。

涼代の脳裏に、一緒にアサガオを育てた夏の日がよみがえる。また、思い出す。剛紀の、はじけるような横顔を。

今となっては決して見ることのない、まばゆいばかりの輝きを。

「……そうだ……」

埃をかぶっていた記憶が呼び覚まされ――涼代は身を起こし、汗をぬぐった。

そういえば剛紀は、小さい頃から動物に関心があった。

自分も夫も動物には興味がなく、ゆえに難色を示していたが、あまりの熱意に押し切られ、一度だけ鳥を飼ったことがある。

けれども――幼かった剛紀にはやはり重荷で、世話が回らず、すぐに死なせてしまった。

それからは、剛紀がハムスターや犬や猫に関心を持つたび、どうにか説得してあきらめさせた。動物を育てるのは簡単なことじゃないわ。それは身をもって知ったでしょう。剛紀の幼心にもそれは伝わったようで、渋々ながらも諒解《りょうかい》を示した。

それから剛紀は、代わりに家庭用ゲームや携帯ゲームにのめり込むようになった。部屋にいるときも、友達と遊ぶときも、そればかりに夢中になった。

もちろんそれは剛紀に限ったことではないかもしれない。多くの子供がそうなのかもしれない。けれども、百害あって一利なし。涼代はまたなんとかして説得し、剛紀の目を外に向かせるよう奮闘した。

サッカーや野球。バスケやテニス。この近辺は大学や高校が主催するジュニアチームに恵まれていたため、休日にはそこへ連れ出して体験させ、関心を示したクラブへと入会させた。

最初は良かった。友達に連れ出されながら、剛紀は意気揚々とクラブに通っていた。けれども、中学へ上がる頃には——すべて辞めてしまった。

そうして今度は、インターネットに夢中になりはじめた。夫が入学祝いに買ったパソコンとスマホが、そもそもの元凶だ。夫とはそのことで、ことあるごとに言い争うようになった。

剛紀は案の定、部屋にこもるようになってしまった。そうして無為な時が経ち、現在に至る。

剛紀は部屋にとじこもり、インターネットやゲームばかりを相手にし、人間を相手にしなくなった。認めたくはないが、それが現状だ。

どうして——こんなことに。

コンビニの駐車場で出くわした、石川の家族が脳裏をよぎる。息子の樹の、はじけるような笑顔が、嫌でもよみがえってくる。

勉強を頑張り、スポーツにも励んで、私立中学から名門高校を狙い、部活ではキャプテンまでつとめて。そうして樹が努力しているあいだ、自分の息子はいったい――剛紀はいったい、何をしていたのか。

――セミが、うるさい。

涼代は、額をつたう汗を両手で払う。

無性に、腹が立ってきた。的外れな怒りだとはわかっている。

自分にももちろん、非はあるだろう。小さな分岐点ならたしかに、無数にあった。だからこそ、ここぞという場面では最大限、方向修正の努力を試みてきた。そのつもりだが、けっきょくはいつもうまくいかなかった。

何が、失敗だったのだろう。どこに、本当の分岐点があったのか。

涼代は立ち上がった。もう耐えられない。体中から噴き出す汗が、どうせすべての思考をだめにする。

――シャワーを、浴びよう。

涼代はスウェットの胸元をパタパタとあおぎながら、その境内をあとにした。

夕食は、スープスパゲティにした。

アサリとベーコン、野菜とキノコを使った、クラムチャウダー風パスタ。テーブルにボウル皿とサラダと水のグラスを並べ、準備を終えた。

涼代は息をつき、スマホを片手にリビングへと移動する。窓辺にもたれ、剛紀にメッセージを打つ。

『食事できました』

送信。

「……ふう」

ふたたび息をつき、テレビをつけてから、視線を窓の外へと投げた。

しばし、放心する。

空が、あかね色に染まりつつあった。草花のコントラストが、独特の色合いの中で映える。夕日の赤に照らされても、まだなお赤いサルビアの花。そして片隅で遠慮がちに咲く、薄紫を火照らせたアサガオ。

淡い思い出がまたよぎろうとしたとき、奥の階段から足音が響いた。

「飯だ飯だ！　――晩飯だ！」

治五郎が騒々しく着座し、おくれて剛紀が席につく。

涼代が向かいに腰をおろしたときには、治五郎はすでに食べ始めていた。箸で、豪快に麵をすする。

「おい、レンゲはどうした」

治五郎が麵の飛び出た口で言った。涼代は黙ってキッチンに立ち、レンゲを手に取って渡す。

——まさか……ラーメンのつもり?

淡い疑問がよぎったが、口には出さずに視線をうつした。剛紀は水に口をつけ、それからフォークとスプーンを手に取る。器用な手つきでパスタを巻くのを見ながら、涼代もフォークを手にした。

夕食は、いつしか三人で囲むようになっていた。

キッチンで見守っていた涼代を、治五郎が強引に座らせたのがきっかけだ。とはいえ、何を話すでもない。ただただ、黙々と食べる。

でも——それでいい。この場で下手に喋られても、こちらが対応に困る。

二人は部屋で、延々とインターネットやゲームをやっているらしい。そういう話題を出されても、どうせついていけない。むしろ、虫唾が走るだろう。黙っていてくれたほうが、まだマシだ。

そう思っていると、意に反して——剛紀が突然口をひらいた。

「……治五郎さん、それ」

手に持ったフォークで、治五郎の手首を指し示す。

「前から気になってたんだけど、何」

涼代は、息子の自然な口ぶりに半ば驚きながら、その先を見やった。治五郎の手首に、例の似つかわしくないアクセサリーがはまっている。

「ああ、これか。いいだろ？」

治五郎が得意げに手首をかかげた。

「黒いアイツ、ていうんだ」

「……黒いアイツ？　ぜんぜん黒くないけど」

剛紀が無表情に問い返す。涼代も眉をしかめ、そのシルバーブレスレットに目をこらした。どこかで見たことのある刻印。黒いアイツ？

――クロムハーツでは？

「まあ、お前にゃ一〇年早えな」

ずずず
治五郎はドヤ顔で麺をすすった。剛紀も黙ってパスタを巻く。

スプーンと皿があたる音。麺をすする音。

リビングのテレビからは、ニュースが流れている。涼代はサラダを口に運びながら、何気なくその内容に耳をかたむけた。

流れてくるアナウンサーの声。最近もちきりの、政府の新政策の話題らしかった。

そのおなじみのフレーズに、治五郎が顔をしかめて素っ頓狂な声をあげる。

「――ん？　なんだって？　アヤノコウジノ？」

剛紀がグラスを置き、淡々と答えた。

「アヤノコウジノミクス。綾小路内閣が掲げる日本復興政策だよ」

涼代は目を丸くする。

「あ、そう」治五郎はつまらなそうに舌打ちし、意地悪そうにべつの単語を口にした。

「じゃあよ、ジックってなんだよ」

剛紀が間を置かずに答える。

「Japanese Improvement Committee─略してＪＩＣ。日本向上委員会のこと」

「あ、そう」

「政府の新政策を実行する部隊だよ。そんなことも知らないの、大人なのに」

「なんだとコラ?」

──私も知らなかった……。

涼代は絶句した。剛紀は自分よりも、もしかしたら世間に明るいのかもしれない。

その事実に、感心するよりも若干の畏怖を抱いた。

「まあでも、たいそうなこったな。日本を向上させるってか」

「いや、それはどうかな。俗称はＦＯＣって呼ばれてるからね」

「フォック?」

「Free Oppression Committee─つまり、自由弾圧委員会」

「なんだお前、さっきからよ」

「だからね、日本を向上すると見せかけて、けっきょくは国民の自由を奪――」

「出たなゴキ！　いちいちウンチクひけらかして優位に立とうってか。百年早え！」

「……え？　そんなつもりじゃ――」

涼代はパスタを持ち上げたまま、呆然とそのやり取りを眺めていた。

剛紀の口調、目まぐるしい内容。淡々としてはいるが、剛紀は年相応に、むしろそれ以上に喋ることができるらしい。それが意外な一面なのか、よく見知っている側面なのか、今の涼代にはよくわからなかった。

「――おい、涼代」

治五郎の声で、我に返る。

「ビービーうるせえぞさっきから」

箸で、横のカウンターを指していた。

「……あ」

スマホが着信していた。慌てて立ち上がり、スマホを持ってリビングへと移動する。

夫からの――電話だった。一拍置いて、指をスライドさせる。

『ああ、もしもし。ごめん、最近忙しくてな。どう、そっちの様子は』

相変わらずの、早口。久しぶりに夫の声を聞いた気がする。

おそらくは、三日ぶりくらいだろう。

『変わったこと、ない？』

「……うん。べつに変わらずだけど」

『剛紀、大丈夫そうか？　明日だろ、高校の入学説明会』

「あ……うん」

『ちゃんと行けそうか？』

わずかに躊躇したが、すぐにスマホを握り直した。これまで抑えつけていた漠然とした不安が、ふいに頭をもたげる。

「それなんだけど……担任の先生から手紙もらってて、剛紀もそれを読んでるから、大事だってのはわかってるはずなんだけど……」

『なに、どうかしたのか、剛紀は』

となりの二人に聞こえないように、声を潜める。

「いや……何を考えてるか、やっぱりわからなくて。LINEでは剛紀、わかったと言ってきたんだけど」

『LINE？　ちゃんと話さないとだめだろ、こういうことは』

——え……？

急につき放された気がして、自然と声が荒くなる。

「だったら、そっちからも言ってよ」

『わかってるだろ。今は忙しくて帰れないんだから』

「それなら、せめて電話だけでも――」

『電話なんてだめだろ。普段そばにいないのに、急に遠くから命令するみたいで。あいつだって嫌に決まってるだろ』

「じゃあこんな時くらい帰ってくればいいのに。私にばっかり押しつけないでよ」

『押しつけてるわけじゃないよ。知ってるだろ、今が大事なときだって。大阪で実績上げたら次につなが――』

「そうやっていつも自分のことばっかり。そんなことよりこっちの――」

『そんなこと？ 自分のことばっかりってなんだよ。これは家族のためで――』

「わかってるけど！ でも――」

うるせえよっ！

突然、ダイニングから怒声が響いた。

涼代はとっさにスマホのマイク部分を手で覆った。

治五郎がダイニングのほうから顔を突き出し、早口で吠えた。

「ガキの前で親がビービービービービー騒いでんじゃねえ！ みっともねえ！」

舌打ちして、顔を引っ込める。

涼代はスマホを耳に当て、息を詰まらせた。

「……ごめん、とにかく――」なんとか声を絞り出す。「とりあえず明日に関しては、二人でちゃんと行ってくるから」

『――ああ？　ああ、うん』

「どのみち大沢高校しか選択肢ないいんだから、剛紀には納得してもらうしかないし」

『そうだな、頼むよほんと。……今がお互い正念場だからさ。また電話するから』

「……うん」

通話が切れる。

涼代はソファに腰を下ろした。深く身を沈める。おもわずため息が出たが、その音はテレビからの雑音でうまくかき消された。

考えてみれば――夫に非はない。自分にもないと思う。誰にも、非はない。なのにお互い、つらく当たるようになってしまった。

出会ってから、一六年。その年月が、夫婦の感情を複雑なものに変えてしまうのかもしれない。

付き合っていた当時は、下の名前で呼び合っていた。子供が生まれ、しばらくはお互いをパパ、ママと呼ぶようになった。剛紀が成長してからは、どう呼んだらいいのか、わからなくなった。

そして今は——夫のどこが好きで付き合ったのか、何が良くて結婚したのか。
それさえも、わからなくなっている。

光が、あふれている。

草花に囲まれている。

ガーベラ、ゼラニウム、ガザニア、インパチエンス。じょうろを手に、水を注いで回った。夏の日差しが、ほとばしる水流を輝かせている。いつもの、清々しい朝。

ふいに——日が陰る。

天をふりあおぐ。唐突に、闇が広がる。輝かしかった青空が、いつしか暗雲に閉ざされている。

庭に視線をもどす。

ヘメロカリス、トレニア、ニチニチソウ、マツバボタン。すべてが、枯れていた。

中央のサルビアも。片隅のアサガオも。

色をなくし、張りをなくし、何もかもが、朽ち果てていた。

いつのまに。綺麗に育てたはずなのに。さっきまで咲き誇っていたのに。

天が、轟く。甲高い唸りとともに、稲妻が光る。

ピピピッ　ピピピッ　ピピピッ

稲妻が、音を発している。

反射的に、腕が動いた。枕元の目覚まし時計を叩く。

涼代は呻きながら、薄目を開けた。真っ白な天井、明るい部屋。

朝が、おとずれたようだった。

身を起こす。しばらく、放心する。夢を見た気がするが、思い出せない。

欠伸がもれ、大きく伸びをした。ベッドから足をおろし、サイドテーブルからスマホを手に取る。

昨晩、ＬＩＮＥの下書きを打った。その文面を再度確認し、送信する。

> 今日は入学説明会だから、一四時に大沢高校の校門で待ち合わせましょう。
> お母さんも用事があるから、直接そこへ行きます。

用事など無かったが、そう打つしかなかった。

剛紀と一緒に行動することは、考えるだけで苦痛に思えた。日に日に、そうした気まずさが増していく。あの妙な男があらわれたことで変化の可能性を期待したが、涼代に対しては何も変わるところはなかった。

剛紀自身が変わってくれないと、涼代も変われない。その考えは——親としては失格かもしれない。けれども、自分の意志ではけっきょくどうすることもできないし、だからこそ今日という日は、きっと重要になる。

高校へ上がれば、きっと剛紀は変わるだろう。でももし——それが望まない変化だとしたら。

涼代は首を振り、立ち上がった。

考えてもしかたがない。きっとこれ以上は酷くならない。

——きっと、これ以上は……。

涼代はパジャマのまま、ダイニングへとおりた。何か軽いものでも食べようと思い、キッチンへと入る。その途中で——気づいた。

「……え?」

テーブルに——朝食が並んでいる。ご飯に味噌汁、スクランブルエッグ、のようなもの。それが、三人分。

「——おう!　ちょうど呼びに行くところだった」

リビングの奥から、治五郎があらわれた。

「なにこれ……どうしたの」

「作ったんだよ、俺がな！」治五郎はどっかりと椅子に腰掛ける。「今日は大事な日なんだろ？　だから鍛錬はなし。こいつがその代わりだ」

涼代は不審に思いながらも、とりあえずその向かいに座った。

「……剛紀は？」

「奴はまだ寝てるよ。昨日は国の存亡をかけた戦争だったからな」

「戦争？　……ああ、ゲームの話」

「見事な勝利だったぞ。さすがに疲れ果てたんだろうよ。寝かせてやれ」

「……」

この期に及んでゲームとは。涼代は暗い面持ちで天井を見上げる。

――今日、大丈夫なんだろうか。

涼代は大仰にため息をつき、箸をとった。味噌汁に口をつける。

――う。

味が、濃い。顔をしかめながら、続いておそるおそる具の野菜を口に運ぶ。

――ん……？

「苦い……。なにこれ」

味噌汁の中に、妙な具が入っている。

治五郎が――高笑いをした。

「ああ、それな。冷蔵庫開けたら野菜があんまり無かったからよ。しかたねえから、庭から拝借したぞ」

涼代は視線を味噌汁に落としたまま、硬直した。

汁からのぞく、具の断片。薄紫の――しおれた花弁。

目が見開き、体が跳ね上がる。そのまま席を立ち、庭へと駆け込む。

「……ま……さか……」

そこで涼代は――信じがたい光景を目の当りにした。

5

――ア、アサガオが……！

窓を開け放った涼代の目に、凄惨な光景が飛び込んできた。

青いプラスチックの鉢。絡みつくツルとともに、支柱がすべて引っこ抜かれている。

そしてそこには、咲き乱れていたはずの花弁が、ひとつも無かった。

――全部……むしられている！

涼代は青ざめた。全身から、音を立てて血の気が引いていく。

「ほお。よっぽど、大事だったみてえだな」

背後で、声がした。涼代は震えながら振り返る。

「……なんで」

「なんでもクソもねえ――」

治五郎は涼代の鼻先に指を突きつけ、ハン、と鼻を鳴らした。

「お前の育てたその、アジサイ――」

「アジサイじゃない、アサガオよ！」

「……う」

治五郎は目を丸くし、息を飲み込む。

眉をしかめ、胸をそらし、ふたたび指を突きつけ直した。

「お、お、お前の育てたその、アサガオ、バッサリと叩っ斬ってや――」

「出てってよ！」

言い終えるより早く、涼代が叫んだ。

「――う」

「早く、出てって！」

顔が真っ赤になり、逆上が喉から噴き出す。

「おいおい、まてよ。まだ言いた――」

「――早く！」

涼代は有無を言わせぬ勢いで、治五郎の体を突き飛ばした。

そのまま玄関まで追いやり、ドアの外へと追い出し、履き物を投げつけた。

鍵をかけ、ガードロックを立てる。そのままダイニングへ取って返し、並べられた食事を皿ごとすべて流しにたたき込む。

「……なんなの？　なんで！」

おもわず声に出して叫ぶ。リビングへ戻り、庭に降り立つ。

涼代は肩で息をしながら、もう一度その光景を呆然と眺めた。


涼代はそれから午前中いっぱい、庭で過ごした。

ガーデニングエプロンを身につけ、シャベルやじょうろを持ち替え、存分に草花の世話をした。

アサガオは支柱とツルを立て直し、根を埋め直したが、花弁のあった部分は乱暴にむしられており、修復は難しいように思えた。

心中は――穏やかではなかった。

いくら手を動かしても、花を眺めても、いっこうに気が収まらない。

そのうち階上で物音がしたため、起床した剛紀と顔を合わせないように慌てて家を出た。

商店街を歩きながら、涼代の頭はなおも動転していた。

たしかにアサガオは食べられる花、エディブルフラワーだが——そういう問題ではない。

なぜ、味噌汁の具なんかに？　冷蔵庫に野菜がなかったから？

——ふざけるんじゃないわよ！

気づけば涼代は、八百屋のレジの前に立っていた。いつのまにか、長ネギやナス、油揚げなどを買っている。

買った後で、自分を訝しむ。

——今さら……味噌汁の具を？

ふいに、脱力する。何を、考えているのか。こんなことをしている場合ではない。

涼代はスマホを取り出し、時刻を確認した。入学説明会はたしか——。

——え……？

いつの間にか迫っていた時間に、涼代はまた動転した。

小走りで大通りへと向かい、あわててタクシーを拾った。

涼代は大沢高校の校門をくぐり、辺りを見渡した。

剛紀の姿はまだ見当たらない。なんとか——約束の一〇分前に辿り着いた。

涼代は木陰へと移動し、校門を見つめながら剛紀が現れるのを待った。

どこもかしこも、セミがうるさい。そして今日はとくに暑い。吹きつける風はあいかわらずなまぬるく、にじみ出る汗はいっこうにひかない。

——嫌だ。

涼代はあらためて自分の全身を見る。動転していたせいもあるが、あまりにも酷い状況だった。ラフなTシャツとスラックス、その上からガーデニングエプロン。エプロンの幅広のポケットからは、園芸用の小道具がちらほら覗いている。手には白いレジ袋、中にはナスと油揚げ、そして長ネギが飛び出す始末。

信じがたい失態に、今さらながら舌打ちをする。その舌打ちという醜い行為をした自分に、心の中でまた舌打ちをする。

まるで——感化されているようだ。あの、どうしようもない変質者に。

「お母さん、こっちこっち」

反射的に、顔を上げる。

母親の手を引く女子中学生が、校門を通って横を行き過ぎてゆく。気づけば続々と、親子が玄関口へと向かっている。楽しげな顔。緊張した顔。好奇心に満ちた顔。それらを眺めているうちに、また堂々巡りの問いがふりかかる。

はたから見たら、自分たちは——幸せな家族にうつるだろうか。

日差しが少しずつ移動している。涼代もそれに合わせて体をずらす。

——自分は幸せになるために……、今まで生きてきた。

涼代は行き過ぎる親子を眺めながら、歯を噛みしめる。

自分は誰よりも勉強に励んだし、習いごとも多くやった。仕事も頑張ったし、有望な人とも結婚できた。仕事をきっぱりと辞め、育児と家事に全力を注いできた。

誰よりも。誰よりも。

自分が幸せになるために。夫を、子供を、幸せにするために。そのために、生きてきた。

——私は、幸せなのだろうか。

その問いは、空虚に霧散する。ただの言葉の羅列。無意味だった。

幸せとは何なのか、よくは知らないのだから。

涼代は、スマホを握りなおした。約束の時間をだいぶ過ぎている。剛紀に電話すべきだろうか。

汗が、地面に落ちた。その地面がふいに暗くなり、涼代は顔を上げた。

「——ひっ！」

驚きに胸が跳ねる。顔面のアップ。ふてぶてしいドヤ顔。

なぜか治五郎が、仁王立ちしていた。

――なんでここにいるの？

「――よお！　待たせたな！」

パシン、と二の腕を叩かれる。その衝撃で、スマホが投げ出される。

ガシャッ
「……ああ！」

涼代はあわててスマホを拾い上げた。画面が――無残にひび割れている。ボタンを押しても、反応がない。

「……ちょっと、うそでしょ！」

「ああ、わりいわりい」

治五郎はなんの悪びれもせず、豪快に微笑んだ。

「ここでゴキを待ってるんだろ？　待ってても無駄だぞ。ゴキな、ここには来ねえよ」

――え？

その何気ない口調が、涼代の全身を硬直させる。

「連れてってやるよ。ゴキの逃げ込んだ場所へよ」

治五郎は、言い捨てると同時に背を向ける。

涼代はうつむいたまま、なおも無意識にスマホのボタンを押していた。

血の気が引いた頭に、血流が戻ってくる。頭皮が熱くなる。顔が赤くなっていくのがわかる。

「ふざけないでよ……！」

涼代は吐き捨てるように叫んだ。気づけば、腕に下げていたレジ袋を、治五郎の背に向けて投げつけていた。

「ぬお……？」

袋が治五郎の背中に命中し、野菜が地面に放り出される。

「なにしやがる！」

涼代は転がったネギを拾い上げ、振り返った治五郎に斬りかかった。

「……ああ？」

治五郎はすんでで飛び跳ねるが、それよりも早く涼代が踏み込む。振りかぶって素早く振り下ろす。よけたつもりの治五郎の顔面に、白い鞭が音を立ててめり込んだ。

「ぬお……！」

おもわず尻もちをついた治五郎に、間髪入れずに打撃を繰りだす。顔に、腕に、頭に、肩に。涼代は激情のままに、ありったけの力を長ネギに込めた。

ビシイッ　バシッ　ビチイッ

「……おい……おま……やめ……！」

弾力をうしなったネギが半ばで折れても、気づかずにしばらく振るい続けた。

はあ……はあ……はあ……

涼代は息を切らせて、肩をだらりと垂らした。治五郎は両手で頭を覆ったまま地面に伏せている。涼代は荒い呼吸の中で、ふと思った。

――サイコパスのくせに……弱い？

「てめえ涼代！　何しやがんだよ！」

腕の隙間から顔を覗かせる治五郎。涼代はうんざりと息をつき、吐き捨てるように言った。

「それはこっちのセリフよ！　何もかもめちゃくちゃにして！」唾を飲み込み、ふたたび叫ぶ。「だいたい、剛紀に何をしたの！」

「なんもしてねえ！　行けばわかる」

涼代はふたたびネギを振り上げた。そのとき治五郎の背後で、親子が行き過ぎるのが見えた。

「……あ」

涼代は我に返り、ネギを離して後ずさった。周囲を見渡す。校舎へと向かう数組の親子が、こちらを気にしないようにして早歩きで去っていった。とたんに、怒濤のような羞恥心に襲われる。

「まったくお前は！　みっともねえ」

治五郎の追い打ちをかけるようなひと言に、涼代はたまらず走り出した。

「おい待て！　どこへいく」

あわてて野菜を拾い上げる治五郎を尻目に、涼代は全速力で校門を抜けた。

そのまま走る。ひた走る。

――なにやってるの、いったい！

ひとしきり走り、息が切れ、涼代は立ち止まって膝に手を置いた。

――剛紀がこない……？

大事な日なのに。立ち直るチャンスを、棒に振る気だろうか。

肩で息をしながら、口に手をあてた。急な運動の連続で、吐き気がこみあげてくる。

立ち上がり、背筋を伸ばす。立ちくらみをはねのける。

そのとき、横にタクシーがとまった。涼代が振り向くと、後部席のパワーウインドウがゆっくりと開いた。

「何やってる。早く乗れ」

治五郎の苛々したような顔が、窓からつきだされていた。

「……はい？」

「お前が同行しないと、金が払えん。しかたねえだろ。早く乗れ！」

目的地は、近かった。

タクシーに乗っているあいだ、涼代はひたすら無言で外を眺めていた。

状況がつかめない。考えが纏まらない。苛々と歯を噛みしめているうちに――車がとまった。

タクシーから降りると、ビルのない広い空間が視界に広がった。

代々木公園。門へと続くその広い道は、新緑の匂いでむせかえっていた。

「――こんなところに、剛紀が？」

歩きながら、涼代が訝しんだ。

「まだ来てないかもな。開始までまだ時間がある」

「開始……？」

「それまで、あそこで食いもんとビールでも買って、くつろぐとするか！」

治五郎は腕をふりあげ、指をかざす。

門の先に、こぢんまりとした売店が見えた。

缶ビールにつぐ、缶ビール。さきいか、チー鱈、スナック菓子、ホットドッグ。

めぼしいものはすべて買わされ、それを抱えながら、二人は芝生の奥へと足を踏み入れた。適当な木陰に着くなり、治五郎はいきなり芝生へと寝転ぶ。

「最高だな、オイ！」

——どこが……。

涼代は荷物をおろし、芝生の状態を目視してから、腰を落ち着けた。

それにしても、暑い。ここも、セミがうるさい。

うんざりと治五郎を見やると、その手にはすでに缶ビールが握られていた。

ぷしゅっ

ほとんど一気飲みのような勢いで缶を傾ける。

涼代は心中でまた舌打ちし、ハンドバッグからスマホを取り出した。ボタンを押す。

やはり、画面が反応しない。これ以上ないほど派手に割れている。

「ちょうどいいじゃねえか！」

治五郎がこちらに半身を向けながら、場違いに明るく叫んだ。

「何が？　……壊れたのよ？」

涼代がスマホを振りかざすと、治五郎は得意げに鼻を鳴らした。

「これでしばらくは、ゴキと面と向かって話ができるだろうに。よかったじゃねえかよオイ」

――はあ……？

「なんなのほんと！　余計なお世話でしょう！　アナタにうちの何がわかるっていうの！」おもわず荒い声が口をついて出た。「勝手に居座って、人の息子を連れ歩いて、アナタ犯罪者じゃないの！」

「ふーん」

治五郎はチー鱈を口に放り込みながら、つまらなそうにつぶやいた。

「お前まさか、まだアサガオのこと怒ってんのかよ」

「はあ？　……当たり前でしょ！」

おもわず本音が飛び出す。

「お前なあ、だからいい迷惑なんだって、あれは」

治五郎は身を起こし、こちらを向いて座り直した。

「子供が思い通りにならねえからってよ、せこせこあんなもん育てて。棒を突っ立てて、そこに思い通りに絡ませてよ。逸れないように、はみ出さないようにって、一生懸命によ。見てらんねえんだよな、ほんと」

「なに言ってんの？　そんなつもりじゃ――」

「じゃあなんだ、思い出だってか？　古き良き日を懐かしんでるってか？　現役の息子が目の前にいるだろうが。そんなに、今のゴキは嫌いか？」

「嫌いなわけ――」

なにを言っているのか。

涼代は治五郎を睨みつけながら、自分も缶ビールを手に取った。

ぷしゅっ
「涼代、お前よ。なんでそんなに、引きこもりってやつが嫌いなんだよ？」

治五郎の声が矢継ぎ早に刺さる。

「……嫌いだなんてひと言も」

「顔に書いてあるだろ、でっかくよ」

涼代は缶ビールを大仰にかたむけ、自分の顔を隠した。

「たとえばもしよ、お前がゴキに作文を教えて、それが学校で表彰されて、二人でめちゃくちゃ喜んでよ、それであいつが部屋にこもってガツガツ文字を書くようになったら――それでも嫌なのか？」

涼代は目を見開く。

「たとえばもしよ、ゴキの絵が学校で表彰されて、なんかの拍子にどこぞの映画監督がその絵を見初めてよ、あんたの息子はすげえ、頑張れば天才に育つなんて言われてよ、そんでゴキがせこせこ部屋で絵を描くようになったら――それも嫌なのか？」

言わんとしていることがわかり、涼代は息を詰まらせた。

「じゃなくてお前はゴキが、インターネットだとかなんだかに入り浸ってるのが嫌いなんだろ？　自分の分身である息子が、毎日ゲームしてるのが許せねえんだろ？　なあオイ？」

「だって——」涼代はなんとか反論しようと、声を絞り出す。「ネットだってゲームだって、百害あって一利なしでしょ……！」

「知らん！　俺に言わせりゃ、どれもこれも一緒だ！」

ぷしゅっ

治五郎はプルトップを乱暴に引いた。

「いいも悪いもねえ。単純によ、母親のお前が認めてるかどうかってだけの違いだろ。お前は、ゴキが部屋にこもって何をしているのかを知らねえ。知っても理解できないかもしれねえ。百害あって一利なし、と勝手に決めつけてやがる。ただ、それだけの話だ」

治五郎はチー鱈を鷲摑みにし、束ごとかぶりついた。それをビールで飲み下し、盛大にゲップを放つ。

「自分にゃよくわからねえからって否定して、そんで引け目を感じて、勝手に気まずくなって、話もできなくなってってってよ。そんなことを繰り返してきたんだろ？

ガキにとっちゃ、いい迷惑だぞ。そもそもお前だって、インターネットやって浮かれてんじゃねえのか？　雑誌にまで載っちまってよ。なにが百害あって一利なしだ」

「それとこれとは……！」

「俺からすりゃお前、どいつもこいつも一緒だ！　引きこもりだ！　人間なんてそんなもんだ！」

ぐびり、と喉を鳴らす。

「違うかよオイ？　庭に引きこもってる庭師もどきサンよ。それか、思い出の中に引きこもってるご隠居サンってか？」

「なに言って……！」

涼代は顔を赤らめた。飲んだビールが、汗となって額から噴き出してくる。

それでも飲まずにはいられなかった。飲まずには――。

「それにお前、あいつが他人に無関心だって思ってるようだが、そりゃ大きな間違いだ。現にゴキは、俺と随分つるんでたろ。そんなことできる奴なかなかいねえぞ？」

ぷしゅうっ
「ゴキはな、話が合わねえ奴にただ幻滅してんだよ。お前が今までしつこくしてきたせいでな」

「……しつこく？　誰が！」

「お前だよ。ああだこうだ押しつけてきたんだろ、どうせ。ゴキの体に棒を突っ立てて、あっちへ伸びろ、こっちへ伸びろってよ」

「そんなこと、した覚えない！」

ぐびり
涼代はビールを喉に流し込みながら、痛烈な苦みに目尻をゆがませた。

そんなつもりで育ててきたわけじゃない。思い通りにしようなんて考えてない。すべては剛紀のためを考えて――。

――本当に、そうだったろうか。

「お前にとって、子育てってなんだ」

治五郎が、ふいに立ち上がった。そばの木の幹に歩み寄り、袴の片足を裾からまくし上げていく。唐突に、細い右足の太股まであらわになった。

「……ちょっ、なにを……？」

「安心しろ。誰も見ちゃいねえ」

「……はあ？」

じょろろ……

涼代は唇を噛み、目をそらした。

「おい、答えろよ」

治五郎は用を足しながら、こちらを振り向いて吠えた。

「お前にとって、子育てってなんだ。子供を幸せな人間にすることか？　自分が幸せになるためのもんか？」

「なに……」

涼代は言葉を飲み込んだ。答えられない。それがわからないから、いつも堂々巡りをしている。

涼代は誰かが見ていないか気になるふりをして、周囲に視線を逃がした。

「まあ――どっちも無理だな！」

治五郎が小馬鹿にしたように、高らかに笑った。

じょろろろ……

「そもそもなあ、涼代。幸せになりたい、してあげたいっていう言葉に踊らされすぎだろ。幸せなんてもんはお前、単なるいっときの感情だぞ。永遠に幸せな状態なんかねえ。幸せな人間、なんてのもいやしねえ。んなもん、当たり前のこったろ」

じょろろろ……

――まだなの……？

涼代は二本目の缶に手を伸ばした。長い。放尿が、長い。

「幸せってのはよ、飯食ったとき、女と遊んだとき、面白いもんを見たとき、ションベンしてるときとか、要は何かの一瞬にやってくるもんだ。

自分自身で感じるもんだ。誰かに貰うもんじゃねえ。だからお前は息子に幸せを与えられねえし、息子から幸せを貰うこともできねえんだよ。誰も、そんなことはできねえ」

音が、止まる。

木の幹の前で、治五郎の背中が縦にゆれはじめた。

「けどな、幸せを感じ合うことはできるだろうよ。お前の笑顔を見て、息子が幸せを感じる。逆に息子の笑顔を見て、お前が幸せを感じる。要はほんの一瞬だけ、感じ合う。お前が与えるもんでも、与えてもらうもんでもねえ。わかってんのかオイ？」

治五郎はこちらにもどりながら、パンパン、と両の手を叩いてはらった。

眼前で立ち止まり、涼代を凝視する。

「いいか、ひとつだけ覚えとけ」

治五郎の指が、持ち上がる。涼代の鼻頭を、貫くように指し示した。

「子供はお前が育てるもんじゃねえ。お前を見て、育つもんなんだよ！」

パキンッ

涼代の手に握られた缶が、潰れて音をたてた。

「お前の中に素晴らしいもんがあるんなら、子供は勝手にそれを吸収する。お前の中に気持ち悪いもんがあれば、勝手にそれを弾き飛ばす。

そうやってガキは、勝手に拾ったり捨てたりする。お前を見てな。だからお前が息子にすべきことなんて何もねえ。生きてる姿を見せてやるだけだ！」

パキンッ

――剛紀は、私を見て育つ……。

それは当たり前のように聞く常套句なのかもしれない。言われるまでもなく、自分の中にもそうした考えはあったはずだ。

けれども、剛紀が物心ついてから、それを意識することはあっただろうか。自分は剛紀の前を歩く大人として、しっかりと生きていただろうか。

「おいおい、やめろよまた。例の、後悔と問いかけか？　ったく。お前の悪い癖だ」

治五郎は仁王立ちのまま、涼代の両の目を見据えている。

涼代は、その視線を受け止め、頬を強張らせた。

「何がいけなかったんだろうって？　なーんにも、いけなくなんかねえ！　失敗なんざしてねえのに、まだ負けちゃいねえのに、まるで終わったかのように処理してんじゃねえぞ！　まだなんだよ。まだまだだッ！

――お前と息子は、これからだッ！」

どさりっ

治五郎は乱暴に腰を下ろし、ふたたび涼代を見据えた。

「言っとくけどな、奴はいじめにあってただ引きこもってたわけじゃねえ。やりたいことがわんさかあって、学校行っててたらそれを全部我慢する羽目になるから、単純に嫌になったんだよ。あいつにとっちゃ学校は、クソの吹き溜まりだからな。だから、自由になりたかったんだろ」

「……でも、そんなこと許され――」

おもわず口走ったあと、涼代は目を伏せた。目の奥に、熱が集まってくる。

剛紀のやりたかったこと。自分のやりたかったこと。

それを封じてきたのは、いったい誰だったのか。

「知ってるかオイ？　あいつ、昼間に外へ出て何をしてたか」

知るよしもない。自分はけっきょく、剛紀の何をも知らないでいた。

「笑っちまうぜ？　あいつ、こっそり独りで歌いに行ってたらしいぞ」

「――歌？　……カラオケに？」

「そうだよ。うっぷん晴らしのつもりか知らんが、気持ち悪いだろ？　で、インターネットじゃ自分と気の合う連中が集まるとこに入り浸ってる。そこで得意なことを披露してんのよ。なんつーかよ、自己表現ってやつがしたくてたまんねえんだろうよ。なあオイ――誰かさんに似てねえか？」

――え……？

涼代の涙腺に、ふいに熱が流れ込む。

「ガキの頃から勉強して、習いごとして、いろいろ我慢して準備してよ。で、やりたいことを蓄えたまま、いきなり結婚した誰かさんとよ。

育児で社会から離れて、何もできないまま、何もしない主婦の世界に閉じ込められてよ、草木に囲まれて吠えてる誰かさんとよ、——なあ、似てねえか?」

ぐびり

治五郎の目に——険が走った。

「……お前とあいつは、一緒なんだよ!」

電撃が、涼代の背筋を貫いた。

——剛紀と……私が……?

ぷしゅうっ

「お前は何かをする前に、自立する前に、いきなり子供を作った。やりたいことをやる前に、見つける前に、ぜんぶ抑えつけて生きてきた。だからママゴトなんかで誤魔化しちゃいるが、もう我慢だらけで、沸騰寸前なんだろうよ。

涼しい顔しちゃいるが、中身はドロドロとマグマが渦巻いてやがるんだろ。そんな奴が子育てしたらどうなるか。目に見えてるってもんじゃねえか」

涼代は缶ビールを握りしめたまま、揺れている自分の体を意識した。

治五郎の言葉のせいで、缶ビールのせいで、自分の体が——心が、ゆらゆらと揺れているように感じる。

視界が——揺れているように感じる。

「安心しろ、お前らは一緒だ。奴は、お前からしっかりと学んでる。人生、悔いが残らないように生きろ、て教訓をな。やりたいことはやるべきだっていう、お前の中に眠る強い願望を、くすぶってる魂みたいなもんを——ちゃんと受け継いでやがるよ」

治五郎はそう言って、バサリ、と仰向けに倒れた。

——ちゃんと受け継いでいる……。

涼代は、目を閉じた。

ぼたぼたと、汗が芝生に落ちる。体が、揺れている。

——だったら私も、ちゃんと。

ばさっ

涼代も耐えきれず、仰向けに倒れた。

薄目を開ける。視界には、樹冠が広がっている。

その隙間で、木漏れ日がキラキラと舞っていた。日差しも、揺れている。

まぶたが、ゆっくりと閉じていく。

体が、揺れている。

ぶわぶわと、揺れている。

それは、尋常じゃない揺れ方だった。

「え……なに？」

目を開け、首を動かした。白い髪が、頬に当たっている。鼻の先には、臙脂の縞羽織が垣間見える。足は地に着いておらず、両の太ももが持ち上げられている。

——ああ……！

涼代はおぶられていることに気づき、体を強張らせた。

「——やっとお目覚めかよ。ちょうど今、着いたとこだ」

治五郎が吐き捨て、放り投げるようにして涼代をおろした。

「いたっ……」

「——まったく。あの程度で酔ってる場合かよ？　ガキの晴れ舞台だっていうのに」

——え……？

涼代は辺りを見渡した。広い敷地に大勢の人が集まっている。その奥に、アーチ状の屋根のある野外ステージが設けてあった。

——ここはいったい……？

治五郎が、ずいと前へ出る。

「信じられっか？　あいつ、あそこで歌うらしいぞ」

「……ええ！」

涼代は目を見張った。

ステージでは、数名の演奏者とおぼしき若者たちが、準備のためか各々の楽器をいじっている。その試し弾きがここまで聞こえる。その手前の広場には、数百人もの観客たちがうごめいている。

「いったい……なんのステージ？」

困惑する涼代に向かって、治五郎が面倒そうに答えた。

「よく知らねえけどな。インターネットじゃ素人が自分のへたくそな歌を発表してんだろ、馬鹿みてえによ。で、人気が出てくると、こういう集会を開くんだってよ、馬鹿みてえによ」

「……うそ」

「二〇人だかなんだか、そのうちの一人に選ばれたってよ、大はしゃぎだったんだぞ。馬鹿みてえによ」

涼代はおそるおそるその広場へと足を踏みいれた。そこは大勢の人いきれで溢れかえっている。ただでさえ暑いのに、熱気が凄い。人混みをかきわけ、少しでもステージに近づこうとしたそのとき——

「──あれ？　おばさん？」

横から現れた少年が、涼代の顔に向けて手を振った。

「……え、樹くん！」

涼代はまるで乙女のように口元を手で覆った。

石川と奈々の息子。サッカー部の部長で背の高いイケメンで──剛紀と対照的なモテ男子、樹。

「……樹くん、なんでここに」

樹は爽やかな笑みをこぼした。

「なんでもなにも、今日はリーダーの晴れ舞台っすから」

「リーダー？」

樹は爽やかさを保ったまま、怪訝な表情を見せた。

「剛紀ですよ。……もしかして知らないんすか？　彼はキングダム・オブ・チェリーボーイズっていうオンラインゲームで、大勢の精鋭を束ねるリーダーですよ」

「キングオブチェリーボーイ……？」

「もちろんゲーム内では、僕も彼の配下の一人なんですけど」

──配下……？

涼代は口を開けたまま、呆然とその言葉を反芻した。

「さすがに強いですよね何もかも。学校行ってないんだもん、ずるいですよ。うらやましいとしか言えない！」樹はいつも通りの爽やかな笑顔でまくし立てた。「で、リーダーが前々から言ってたんすけど、ついに代々木の歌い手イベントに出るっていうから。来るなって言われてたんすけど、そんなわけにはいかないっすから！」

やたらと熱意を放出する樹。その背後の気配に、そこでようやく気づいた。

樹の後ろから――見知らぬ何人かが会釈をしてきている。

大学生っぽい男子、アイドルっぽい女子、部長っぽい中年、どう見ても普通の主婦、どう見てもカタギじゃない人。

涼代はあわててそれぞれに会釈を返しながら、小声でつぶやいた。

「……これってあの、みなさんは」

「はい、剛紀くんの兵士たちです」

――兵士たち……！

息をのんだ瞬間、辺りが静まりかえった。バンドの奏者たちの試し弾きが、唐突に鳴り止んだようだった。周囲が何かを察知し、ざわりとした緊迫を発しはじめる。

樹とその仲間たち、剛紀の兵士たちも、いっせいにステージを振り向く。

その直後――ひとりの少年が、舞台に現れた。

「――キターッ！」

「……え？」

さざめくような歓声。

その真っ只中に。

剛紀。剛紀が――。

照れたような苦笑を浮かべ、ステージの中央へと躍りでていた。

派手なプリントTシャツ、黒い革のベスト、破れたジーンズ、尖った革靴。まるでロック・ミュージシャンのような、ケバケバしい格好。

――あれが……剛紀……？

剛紀はマイクスタンドを握り、神妙に目をつむり、突如――大声を張り上げた。

「こんにちはー！」

バアアーン！

ギターが、ベースが、ドラムが、いっせいに爆音を奏でる。

セミの合唱を突き破るようにして、この広場を、集う人々を、激しく揺さぶる。

「準備はいいかあ？　ヨヨギィー！」

ワアアアアア……！

剛紀の声に合わせて、観客がうねる。

「どうもー！　今日の一発目！　ゴウキ・スタンダローン でぇす！」

剛紀は叫びながら、拳を天にかざす。弾けるような歓声が、広場全体を揺るがせた。

涼代はあまりの驚愕に胸が張り裂けそうになっていた。目を見開いて凝視する。

そのとき、剛紀の振り上げた腕、その手首が光っているのに気づいた。

それは治五郎がしていた――クロムハーツのブレスレット。

涼代は背後を振り返る。治五郎がこちらに気づき、生白い手首をかざして左右に振ってみせた。

「今日はなんと、二〇人もの歌い手がここに集まってまーす！」

剛紀の声が、辺りに響きわたる。

「俺っちはぶっちゃけ初出演だし、一発目だし、すんげえ緊張してますが……」

――俺っち……？　ぶっちゃけ……？

涼代の耳に、聞いたことのない我が子の声が突き刺さる。

「さっそく聴いてくっさい――！　〝幼馴染みはミサイルバストゥ！〟」

「……は？」

涼代はおもわず顔をしかめた。

――ミサイル……バスト？

バアアーン！　ズドドド　ズドドド……！

爆音のような演奏がはじまり、周囲でギャラリーの体が跳ね回った。

剛紀が、飛びはねた。マイクを振りかざして、叫ぶ、叫ぶ。声を、張り上げている。

剛紀が、歌っている。

飛び散る汗。満面の笑み。

涼代の全身に、鳥肌とも悪寒ともつかない何かが、縦横無尽に疾走した。

バアン　バアアーン！　ズドドド　ズドドド……！

涼代の鼓膜が震える。胸の内側が、震えている。

自分はこれまで——何を目標にしていたのか。何を失敗だと思ってきたのか。

今でもそれはわからないけれども、ならばこだわる必要はないんじゃないのか。

これまで、抑えつけてきた人生。良かれと思って封じてきた思い。そんなことも、もう覚えている必要などありはしないんじゃないのか。

——幼馴染みは、ミサイルバストゥ。

リフレインが、こだまする。

意味はまったくわからなかったが、その叫び声は、まるでこの世のすべてを肯定しているかのように聞こえた。

涼代の目が、耳が、息子をとらえる。

ステージで、全身を使って自己表現をしている剛紀。やりたくてしょうがないことを、あたりかまわずやっている息子。

自分は違った生き方だったけれど、——その想いは、たしかに同じだ。
それを、息子が教えてくれている。
そうして涼代は——気づいた。たったいま、目の当たりにしていることに。
今となっては決して見ることのないと思っていた——まばゆいばかりの輝きを。
誰とも比較しようのない、愛息子だけの輝きを。
——剛紀……！
涼代は、声のかぎり叫んだ。
——いけー！
リフレインは、こだまする。
「ごうきーッ！　いけええーッ！」
その叫びは突き刺すように自分をも貫き、胸中を内側から引き裂いてくれた。

エンドロール

「ああもう！　クソうるせえっ！」

剛紀が歌い終わった直後だった。

袖にはけていく主役に向かって、演奏にも負けないほどの大音量の罵声が、広場全体に轟いた。

観客がいっせいにどよめく。瞬時に不穏な空気が会場を満たす。

「なんなんだ気持ちわりい！　正気か？　お前の息子は正気か！」

治五郎が、今度は涼代のいる方に向かって怒声を放つ。

涼代は青ざめ、関わり合いにならないよう、忍び足で死角へと移動した。

「くっそ胸くそ悪い！　帰るぞ！」

人混みの隙間から治五郎がきびすを返すのが見え、涼代はしかたなく、距離を保ってそのあとを追った。

治五郎は地団駄を踏みながら、代々木公園の遊歩道を歩いていく。頃合いをみて追いつき、涼代はその背に向けてつぶやいた。

「ありがとう……連れてきてくれて」

「ああ？　感謝してんじゃねえよ！」

治五郎はギロリと振り向き、反吐を吐くように言った。

「ばかじゃねえのか、あんな恥ずかしい歌うたって。イカれてんのか。……幼馴染みのおっぱいを愛してるだと？　そもそもアイツに幼馴染みなんていねえだろうが！」

涼代は苦笑を張り付かせて、うなずいた。

歌詞については正直、頭に入ってこなかったが、とはいえ想像を膨らませることはけっして悪いことではないと思う。

「しかも途中、変な踊りを踊ってたよな？　なんだったんだよあれは！」

涼代はうなずいた。

けれども、踊りは上手いか下手かじゃない、好きか嫌いかだと思った。

「そもそも音痴だろアイツ。妙な裏声出しやがって。俺の方が百倍上手い」

涼代はうなずいた。

でも歌唱力よりも、表現力や個性が光っていることの方が重要ではないだろうか。

「とにかく久々に吐きそうになった。お前の息子、身の毛がよだつわ！」

ああ痒い痒い、と叫びながら、治五郎は背中を棒で掻きはじめた。

涼代は一瞬、愕然とする。

――いつの間に……？

その棒はもちろん、孫の手ではない。書棚に立てかけていたはずの、例のバイオリンの弓だった。母の代から大事にされてきた、いわば家宝のような、とても高額で、希少な、でも、ちっとも上達できなかった――

――まあ、いいか……。

ふいに、涼代の肩が軽くなる。

いつも視界の片隅にあり、自分を抑圧してきた象徴のような品物。

それが、ぞんざいに扱われている。半ば奪われている。それを見て、気が楽になっている自分がいる。

涼代の口から、つぶやきが漏れた。

「……そうだ」

――その弓、捨てたかったんだ。

「まったくよ……！」

治五郎が、背中を掻きながらなおも毒づく。

「お前もよ、あんな息子はほっといて、さっさと旅にでも出たらどうだ」

涼代は笑う。

書棚の奥に眠る、世界遺産や旅行特集の表紙が目に浮かんだ。

――そうか。

ふと、思い至った。

――感化というより、私は共感していたのかもしれない。この、自由奔放さに。

涼代は治五郎の手の動きを眺める。弓が、しきりに上下している。

バイオリン。ガーデニング。それをすれば、世間的には良く見られるのではないか、という行為。自分はそんなことばかり、今までしてきたような気がする。

それらは本当に、心から、自分がやりたいことだったのだろうか。

「……あの」

無意識に、やわらかい声が出た。ずっと疑問に思っていたことが口をつく。

「あなたは、いったい――」

「目的はなんなんだ、てか？　んなもんねえよ」

治五郎はなおも背中を掻きながら、先回りしてこたえた。

「生きてるだけだよ。飯食って、寝て、人と関わってよ」あくびをかみ殺したような声。「ひとつところにいたってしょうがねえからな。いろんな奴がこの世にはいる。人間ってのは他人に影響されて生きてんだろ？　だったらそいつを受けて立とうってこった。それが人生ってやつらしいからな」

「それで、何も持たずに放浪を？」

「ただブラブラしてるわけじゃねえぞ。何度も言ってんだろ、鍛錬してるんだよ」治五郎はゆっくりと歩き出した。「誰かは誰かに、たとえば親だったら子によ、何かしらのバトンを渡して死んでくもんだ。だから何を渡すかを考えなきゃいけねえし、何も持ってなきゃ探す必要があるだろ。そうじゃなきゃ、洞穴《ほらあな》で野たれ死ぬのと一緒だ。俺はそいつはごめんなんだよ」

――バトンを……。それが人生……？

「だからこうして、見ず知らずの私なんかに？　これまでも、何人にもこう――」

「いいだろべつに。おもしれえんだから。とくに、変な奴と絡むとよ」

かははは、と治五郎は笑った。

「俺の勝手だ。気にするな」

セミの合唱が、ひときわ大きく聞こえる。

「――そんなことよりよ。庭の真ん中の、あの赤い花よ」

治五郎が立ち止まって、振り向いた。

――庭の真ん中の……サルビア？

「それが……どうしたの」

「原産地、ブラジルだってな？　お前、そこに行きたいんじゃねえのか？　本に紙が貼ってあっただろ」

――原産地……なぜそれを？

「それとなんだっけか、花言葉。ゴキに教えてもらったんだけどよ、そいつが思い出せなくてさっきからイラついてんだよ！」

——剛紀が……？

涼代の胸が、ざわざわとさざめく。

サルビアの花言葉を？　原産地を？

……どうして？

剛紀が自分で——調べたのだろうか。

「なんかその花言葉、決め台詞になりそうだったんだけどなあ」

治五郎はしばらく立ち尽くし、やがてあきらめたように顔を上げた。

「思い出せん……もういいや！」

投げやりな感じで吐き捨て、また歩き出した。振り向きもせずに言い放つ。

「とりあえずお前もう、ついてくるなよ。——じゃあな！」

「……え、ちょっ——」

「元気でな！　——ばか親子が！」

治五郎は後ろ手に腕を振りかざし、大股で——

じつに唐突に、歩き去っていった。

痒い痒い……と、弓で背中を掻きながら。

――はあ……?

涼代は呆然と、その背を見送った。

一本数万円もする弓が――ここから見ると、たしかに孫の手に見える。

フフフ、と息が漏れた。

それをきっかけに、波のようにおかしさが込み上げる。なんの前触れもなく、別離がおとずれた。それでもなぜか、寂しさよりおかしさがまさった。

涼代は腰をおり、しばしおとずれるがままに――笑いに身を任せた。

セミが、鳴いている。

夕日がまぶしい。

涼代はやがて身を起こし、息をついて伸びをした。

壊れたスマホを手に取り、辺りを見回す。自販機の横に、公衆電話があった。歩きながら、記憶を探る。番号はすぐに思い出せた。この一六年、いろいろな書類に連絡先として書いたから、すでに暗記している。

受話器を上げ、小銭を投入する。

ふいに、思いついてしまった。大阪にいる夫に――電話をかけるということを。

衝動が渦巻いている。今すぐ話したい、声を聞きたいという衝動が。

『――もしもし、どうしたの……なんで公衆電話？』

夫の、相変わらずの早口な口調。

「……うん、ちょっといろいろあってね」

『ああそうか、剛紀の件？　どうだった、今日の入学説明会は』

涼代は無意識のうちにはにかむような笑みが漏れ、自分でも驚いた。

「それはもうね、どうでもいいの」

『え、なに？　どうでもいい……？』

心に余裕が生まれると、相手の声もだいぶ違ってきこえるようだ。

「それはまたゆっくり話すよ。きっとね、なるようになるんだろうし」

『ええ……？　よくわかんないけど。じゃあなに、今忙しいんだけ――』

「ねえ、琢臣《たくみ》さん」久しぶりに、夫の名を呼んだ。

『……なに……？』

涼代はおもわず、クスリと笑った。

「会社をさ、ぱーっと休んじゃってさ、三人で旅行にでも行かない？」

『……え？』

「たとえばブラジルとかさ、そういうすごく遠いところにでもさ」

しばし、沈黙する夫。やがて、フフフ、という吐息のような音が聞こえた。

『なんなんだよ急に。……でも、いいね』

「――え？」

『じつは言いづらかったんだけどさ、俺もいい加減、こんな仕事人生に嫌気がさしてたとこなんだよ』

途中から声を潜める。近くに同僚がいるのかもしれない。

『だってずっと、独りだしさ？　俺だって本当は嫌さ』

「……うん」

涼代は、吹き出した。

夫は本当に、部長なのだろうか。正直で、素直な、少年のような口調。

『なあに、有休はたっぷりたまってる！』

その潜めた声に、力がこもる。

『いつでもいいぞ。いやもう、すぐにでも行こう。俺も一度、ブラジルには行ってみたかったんだ。地球の裏側だろ、凄いよなあ。さっそく計画を練ってくれよ、涼代』

「――ええ？」

涼代の胸が、弾けるように躍った。なんだろう、この急な高鳴りは。

テンポよく耳に響く、琢臣の声。久しぶりに――名前で呼ばれた。

『やばい、もうすぐ会議なんだ。また電話するよ。あとは頼んだ！』

いつもどおり、唐突に通話が切れる。それでも今回は、余韻が残った。わりと長めに、声や——表情が。

涼代はふいに思い出す。

そうだ。琢臣のことを好きになった理由。

——アイデアマンで、行動力があって、気が利いて、優しいところ。仕事を一緒にしていたあのころも、いつも二人三脚で教えてくれた。

そして私たちは何より、とても——

とても気が合うんだった。

涼代は、受話器を握りしめたまま立ち尽くす。体が、じわじわと火照っていた。

——熱い。

真っ赤な夕日が、照りつけている。その燃えるような深紅が、何かを連想させる。

庭の中央の——サルビアの花。

「うん。そうよ」

——サルビアの、花言葉は……。

家族愛。

涼代は、歯を噛みしめた。外気よりも、夕日よりも熱い何かが、体内を駆け巡っているのがわかる。その熱がじわじわと、体から漏れ出てきている。涙となって、汗となって、それはとめどなくあふれてくる。

涼代は顔を上げた。

左の手の甲で涙をぬぐい、右の手のひらで汗をはらった。

ふわり、と前髪が揺れる。

なまぬるいはずのそよ風が、今はとても——涼しく感じた。

本作品は当文庫のための書き下ろしです。
本作品はフィクションであり、実在の個人・団体などとは一切関係がありません。

文芸社文庫

きものジゴロ

二〇一八年三月十五日　初版第一刷発行

著　者　川口祐海
発行者　瓜谷綱延
発行所　株式会社　文芸社
〒一六〇-〇〇二二
東京都新宿区新宿一-一〇-一
電話　〇三-五三六九-三〇六〇（代表）
〇三-五三六九-二二九九（販売）

印刷所　株式会社暁印刷
装幀者　三村淳

ISBN978-4-286-19440-0